本当は怖い百人一首

日本博識研究所

宝島SUGOI文庫

宝島社

本当は怖い百人一首

はじめに

1235年、華やかなりし平安王朝文化がすでに過去のものとなり、鎌倉幕府の武士たちが我が物顔で闊歩するようになっていた、そんな時代。

京都嵯峨野の小倉山に庵を結んで静かに余生を過ごしていた藤原定家に、同じく小倉山荘に住んでいた宇都宮頼綱から、ある頼みごとが持ち込まれた。

この宇都宮頼綱という人物。鎌倉幕府に仕えた気骨のある武士ながら、歌の才能にも恵まれ定家に師事するのみならず、娘を定家の息子に娶らせるなど親戚づきあいの間柄だった。その頼綱の頼みごとというのは、山荘の障子（ふすま）に和歌の色紙を貼るにあたって、定家に古今の歌から秀歌を選んでほしい、というものだった。

こうして生まれた百人一首は、奈良時代から鎌倉時代まで、およそ６００年の中に生きた歌人たちの歌を選りすぐったものとなり、優れた歌集として、また、格好の古典教材として人々の間に語り継がれていった。

ところが、これだけ知られている百人一首なのに、我々はほとんどと言っていいほど、歌人たちが生きた時代の空気や、それぞれの人生の機微を知らないでいる。ある者は歌に積年の恨みを込め、ある者は恋心に隠して不遇の人生を嘆き悲しんだ。その後の没落を知らず初恋の相手に贈った歌や、末期のきわに愛人を求めて詠んだ歌もある。そもそも、定家が何を想って百首を選んだか、それ自体が大いなる謎となっている。

カルタで丸暗記しただけでは、決して窺い知れない「怖さ」というものが、そこにはある。

きらびやかな平安貴族を中心にした歌人たち

の、ドロドロとした負の側面――。軽妙で技巧をこらした歌の調べにひそんだ、彼らの等身大の情念というものを知ることで、百人一首をこれまで以上に楽しんでもらいたい。

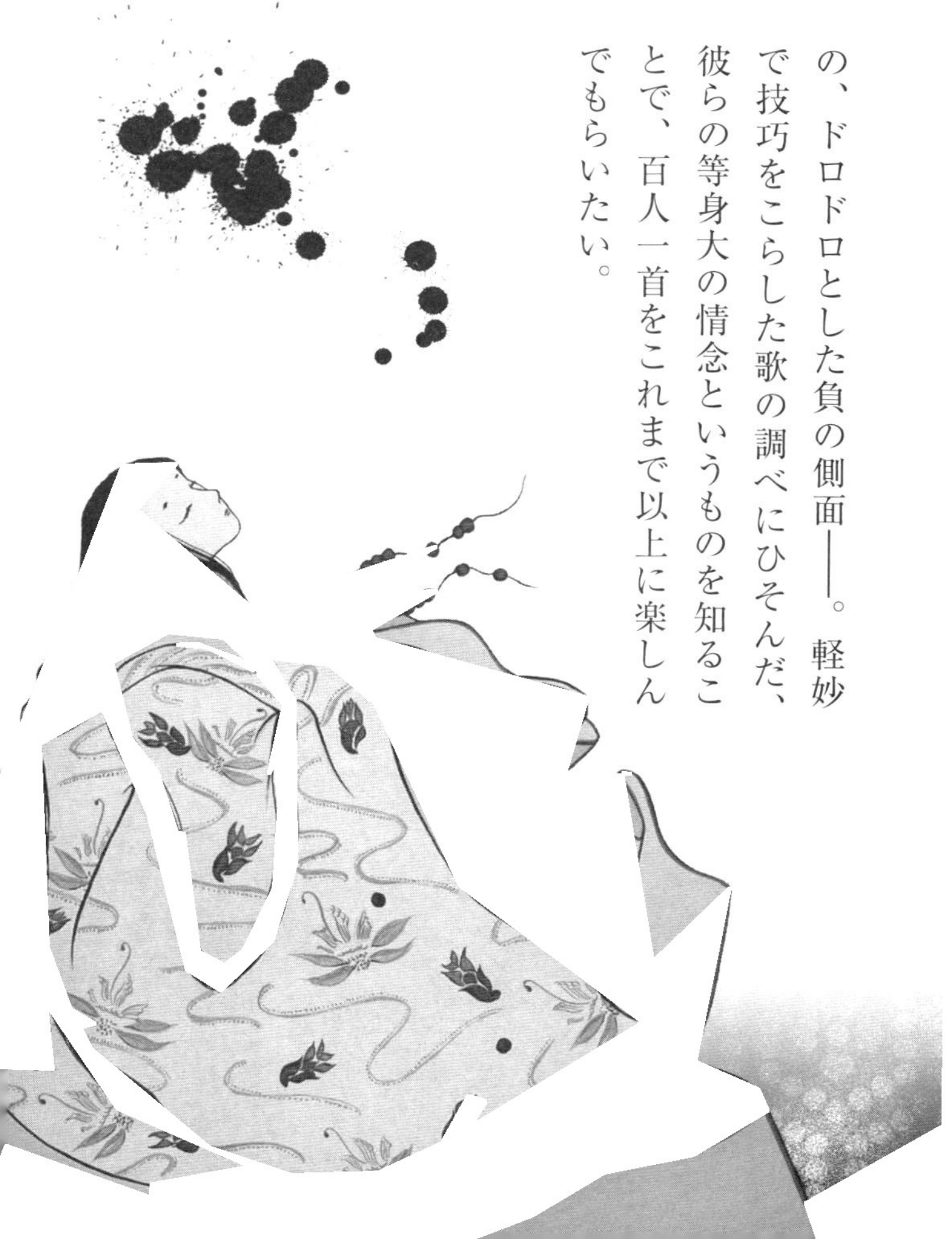

本当は怖い百人一首【もくじ】

第一章 本当は怖い百人一首の歌人たち

第二章 本当は怖い「宮廷生活」

第三章 本当は怖い「宮廷恋愛事情」

第四章 本当は怖い「恋の歌」

【編集】　坂尾昌昭、森本順子、小柴俊亮
窪野良太、住友光樹（株式会社 G.B.）
【表紙・本文デザイン】　酒井由加里（G.B.Design House）
【DTP】　徳本育民
【表紙イラスト】　天満
【本文イラスト】　千絵崇石

第一章

本当は怖い百人一首の歌人たち

本当は怖い
百人一首

其之壱

恩人の無念を鎮めるために…

百人一首にひそむ後鳥羽上皇に向けたメッセージ

❖罪人になった上皇へ届かぬ想いをこめて

「来ぬ人を　松帆の浦の　夕なぎに　焼くや藻塩の　身もこがれつつ」

選者の藤原定家が自ら詠んだ百人一首第97番の歌には、ある1つの疑問が古来より囁かれている。

なぜ、定家は彼の数ある名歌の中からこの歌を選んだのか――。

その答えを知る鍵は、どうやら、ある2人の人物が握っているようである。その1人は後鳥羽上皇。第99番にも選ばれているこの人物は、定家の才能を見抜いた大恩人である。残念ながら、2人は仲違いし、そうこうするうち上皇が承久の乱を起こして隠岐に流され、2度と会うことはなくなってしまった。

定家は、政治に翻弄され、罪人として死ぬしかなくなったかつての大恩人に向け「いつまでも待っていますよ」と自分の歌で語りかけたのではないだろうか。それを意識して改めて百人一首をみると、後鳥羽上皇の境遇を想ったのだろう定家が、暗号を込めているとしか思えない語句が多い。たとえば、「袖濡る」「舟」は後鳥羽上皇の島流しと彼の無念を、「白菊」は好きな花を、それぞれ連想させる。

しかし、定家の百首は決して上皇の目に写ることはない運命にあった。

決して届くことのないメッセージ…。それは、後鳥羽上皇への壮大な鎮魂歌でもあったのかもしれない。

後鳥羽天皇を祭神としている隠岐神社。神社北側の横手にある参道を登ると白い塀に囲まれた御火葬塚がある。

其之弐

愛する人の鎮魂のために…
式子内親王に手向けたもうひとつのメッセージ

❖死んでしまった愛する人へ…

定家の歌は、『万葉集』に収められた笠金村《かさのかなむら》の長歌を下敷きにしたものである。ところが、もとは「松帆の浦の海女に会いたくて」という意味の歌を、「松帆の浦で身を焦がしながら待っているのです」としている。通い婚が通常であったこの時代、歌の中で「待つ」のは、女というのが原則である。つまり、定家は女の身になってあの歌を詠んだわけだが、その女とは架空の人物などではなく、百人一首の鍵を握るもう1人の人物、式子内親王ではないか、と目されている。

定家と式子内親王の儚い関係については別の項（P152）に譲るが、定家が百人一首にこめた想いは後鳥羽上皇へのものだけでなく、結婚を許されない斎院として生きねばならなかった式子に対しても深いものがあった。それは、定家が彼女の歌の中から次のものを百人一首の89番に選んだことからも窺うことができる。

「玉の緒よ 絶えなば絶えね ながらへば 忍ぶることの 弱りもぞする」

忍んだ恋が知られてしまうくらいなら、いっそ死んでしまいたい――。

定家は百人一首の中にいくつもの暗号を込めたと言われるが、辛く切ない恋の歌が数多く選出されているのも、そんな式子の心を鎮めるためであったのかもしれない。

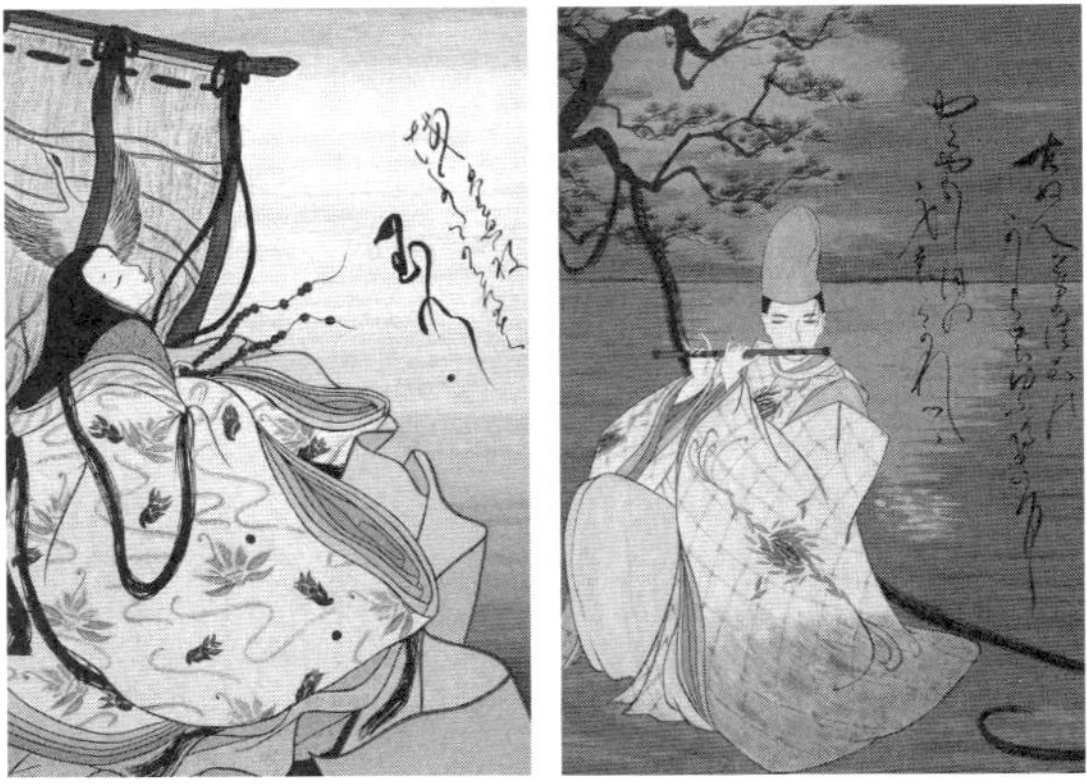

百人一首の恋歌には、定家の式子内親王への秘めた想いが隠されていた。

其之参

百人一首の奇妙なる幾何学

定家が秘めたのか、ついに見出される魔方陣！

❖百人一首を俯瞰することで導かれる奇怪な謎

百人一首には様々な謎がこめられている――。そう考える好事家は古来より実に多かったが、ほとんどは選者・定家が歌の選出に込めた「意味」を探るものであった。

ところが、近年になって、定家が百人一首を選ぶ前に選出した「百人秀歌」が発見され、これと比べつつ歌番号の数字をあれこれ並べていくと、特殊な意味のつながりが生まれ、小倉山荘のふすまに貼られた百人一首の配列が復元できる、という説が生まれた。

織田正吉氏の『絢爛たる暗号　百人一首の謎を解く――』がまさにそのパズルを解き明かすもので、緻密な論理が展開されているが、さらに踏み込んで百人一首に魔方陣を見出したのが、

和歌の繋がり配置例

関連する語句で歌を分け、その歌群の歌を繋げると図のようになり、小倉山荘に貼られた百人一首の配列が分かるという。

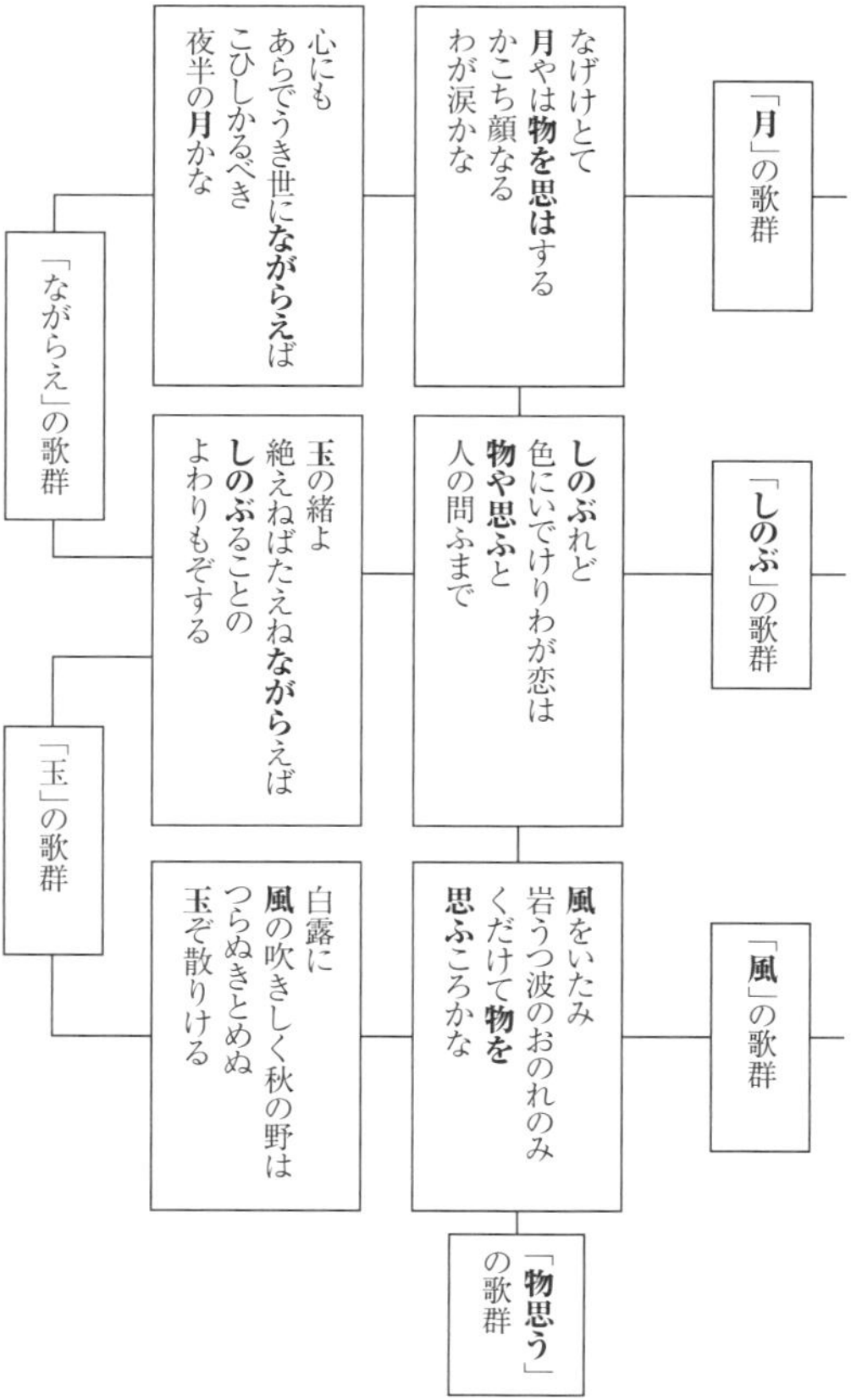
「月」の歌群
なげけとて月やは物を思はするかこち顔なるわが涙かな
心にもあらでうき世にながらえばこひしかるべき夜半の月かな
「ながらえ」の歌群
「しのぶ」の歌群
しのぶれど色にいでけりわが恋は物や思ふと人の問ふまで
玉の緒よ絶えねばたえねながらえばしのぶることのよわりもぞする
「玉」の歌群
「風」の歌群
風をいたみ岩うつ波のおのれのみくだけて物を思ふころかな
白露に風の吹きしく秋の野はつらぬきとめぬ玉ぞ散りける
「物思う」の歌群

太田明氏著『百人一首の魔方陣』である。

ここでいう魔方陣というのは正方形の方陣に数字を配置し、縦・横・斜めのいずれの列についても、数字の合計が同じになるものをいう。つまり、百人一首の歌番号を、ある法則に従って並べると、10×10の魔方陣が出来上がるというのだから驚くほかない。その法則のヒントになるのが、定家の歌道に連なる二条流に伝わる秘法「古今伝授」である。これは『古今集』の正しい解釈や語句を師から弟子に伝える技法のことであるが、太田氏は『古今集』の選者である紀貫之が伝えた三鳥（呼子鳥、百千鳥、稲負鳥）、などを定家が暗号化していると読み解いた。たとえば三鳥の呼子鳥とは、子を呼ぶ鳥、つまり母のことで、八八、つまり8×8＝64を示す、といった具合である。これで100首を64首と36首に分割し…とやっていくと、左のような魔方陣が完成するのである。

定家がこれほど手の込んだ謎解きを仕掛けたのは、それこそが「古今伝授」の秘法だというのだが…。それが真実かどうか、興味のある方は太田氏の著書を一読することをおすすめする。

百人一首の10次魔方陣

008	007	095	096	004	003	099	100	084	009	=505
011	019	081	080	022	023	077	076	026	090	=505
010	074	028	029	071	070	032	033	067	091	=505
089	066	036	037	063	062	040	041	059	012	=505
088	043	057	056	046	047	053	052	050	013	=505
087	051	049	048	054	055	045	044	058	014	=505
086	042	060	061	039	038	064	065	035	015	=505
016	034	068	069	031	030	072	073	027	085	=505
018	075	025	024	078	079	021	020	082	083	=505
092	094	006	005	097	098	002	001	017	093	=505
=505	=505	=505	=505	=505	=505	=505	=505	=505	=505	

=505

=505

※数字は歌番号。それぞれの列の和は505になる

三鳥

①呼子鳥とは、子を呼ぶ鳥、つまり母のこと。八八であり、8 × 8=64 を示す。
呼子鳥のメッセージ：100 首を、64 首と 36 首に二分割する。

②百千鳥とは、百羽の千鳥。百首を千鳥状に配置することを示す。
千鳥とは千鳥足のように互い違いに数字を並べることを指す。
百千鳥のメッセージ：外枠には 100 首から、36 個を千鳥式にならべる。

③稲負鳥とは、秋に飛来する渡り鳥のことだが、種類は不明でトキなどの説がある。
稲負鳥のメッセージ：内枠に 64 首を稲穂のように並行に配置し、それらを渡り鳥のように、対象の位置へ移動させる。

……などの複雑な手順を続けると、上のような魔方陣が生まれる。

其之四

老歌人の心の嗚咽

詠み人知らずを採用した藤原定家の想い

❖来歴の不確かな歌をあえて選んだ意味とは

百人一首は『古今集』から『続後撰集』までの勅撰和歌集の中から、厳選されたものが年代順に選集されている。詠み人も明記してあるので、当然、歌集の中から元になった歌を辿ることができる。ところが奇妙なことに、百人一首には原典を辿ると詠み人が異なる歌がいくつか存在する。

たとえば第1番は『後撰集』ではたしかに天智天皇作となっているが、元となった『万葉集』の歌では詠み人知らずとなっており、後世の人が改変したものであるのは間違いない。また第3番は柿本人麻呂となっていても確証はなく、第5番にいたっては猿丸大夫《さるまるのたいふ》が実在の人物かどうかも定かではない。

なぜ定家が、来歴も明らかでないこ

れらの歌を選んだのか。一説には公的な勅撰集でないからこそ、歌に託して真実が言えた、ということがある。つまり、第1番を天智天皇で始めたのは、正当な皇統を示す意味をこめたためで、第3番と第5番に離れた妻を求める「鹿の声」を入れたのは、嵯峨野の山にひっそり隠居していた定家自身の心の嗚咽をこめたかったからだろう。

たった一首しか真作のない喜《き》撰《せん》法《ほう》師《し》の歌（第8番）が選ばれた理由も、同じく「鹿の声」が詠まれていたから、などと考えると、定家の寂寥がよほど深いものだったことがわかる。

大化の改新で知られる天智天皇と謎が多い三十六歌仙・猿丸大夫の他にも、なぜ選ばれたか不明な歌は多い。

本当は怖い
百人一首

其之五

光どころか闇の産物

光源氏は百人一首の歌人の逸話を寄せ集めて作られた！

❖貴公子の皮を一枚剥げば醜聞、また醜聞

『源氏物語』の主人公・光源氏には、実在するモデルがいるという説があるが、実は『百人一首』の歌人の中にはそれらしき人物が何人かいる。

最有力候補となるのが、河原左大臣《かわらのさだいじん》こと源融《みなもとのとおる》。嵯峨天皇の皇子に生まれながら源姓を得て臣籍降下《しんせきこうか》しなければならなかった融は、貴族社会ではオシャレな貴公子として名が通っていた。

また、20人以上の女性と交際があった藤原実方《ふじわらのさねかた》、自身を傀儡《かいらい》天皇と認めて不遇に甘んじた光孝《こうこう》天皇、権力争いを演じた藤原道長なども候補にあがっている。だが、誰か一人が本命ということではなく、これら人物たちの逸話や醜聞を塗り固めて形作られたのが、光源氏という架空の貴公子なのだろう。

源融ゆかりの土地地図

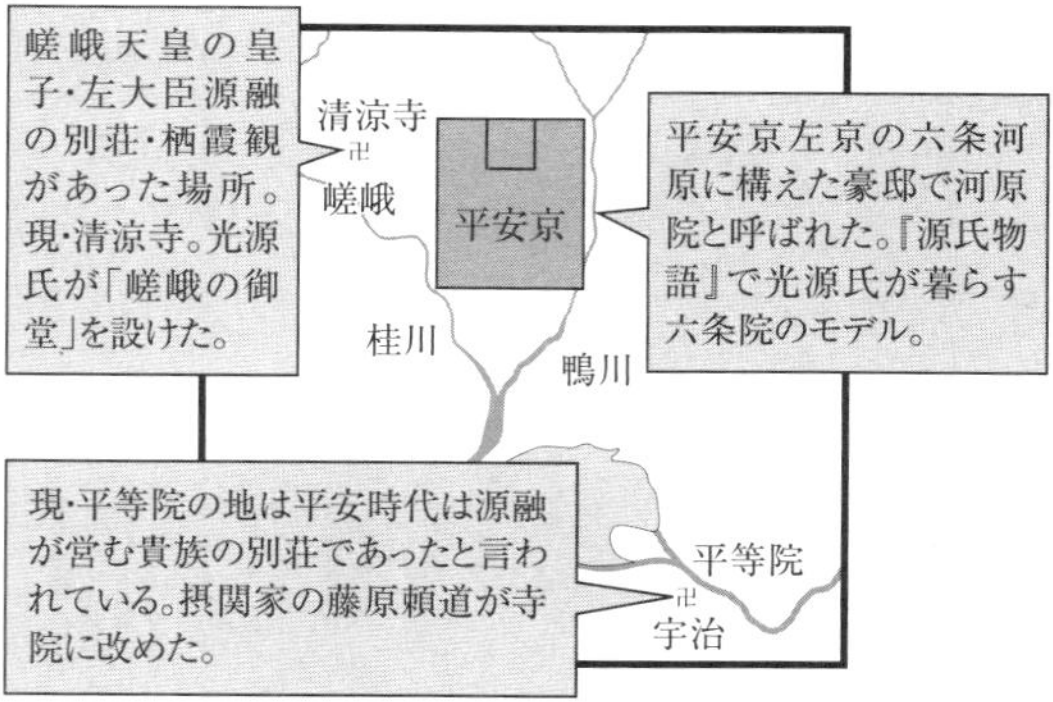
嵯峨天皇の皇子・左大臣源融の別荘・栖霞観があった場所。現・清涼寺。光源氏が「嵯峨の御堂」を設けた。
清涼寺
嵯峨
平安京
平安京左京の六条河原に構えた豪邸で河原院と呼ばれた。『源氏物語』で光源氏が暮らす六条院のモデル。
桂川
鴨川
現・平等院の地は平安時代は源融が営む貴族の別荘であったと言われている。摂関家の藤原頼道が寺院に改めた。
平等院
宇治

京都にある河原院跡。源融はこの地で華やかな宮廷生活を送っていた。

現在の平等院鳳凰堂。もともと源融が営んだ別荘で、当時の宇治は貴族の別荘が立ち並んでいた。

其之六

和歌の権威は元祖ネカマ⁉

紀貫之は『土佐日記』を女のフリをして書いた

❖押しも押されぬ大歌人がキモイ趣味を持っていた⁉

「人はいさ 心も知らず ふるさとは
花ぞ昔の 香に匂ひける」

旅先の宿で、かつて愛人だった女将に「心変わりなさったのでしょう」と問いつめられた紀貫之は、目の前の梅の花を手折って花の香りを嗅ぎながら歌を詠んだ。

「あなたの心だってあの時のままか分からないけど、それにしてもここの花の香は昔のままですね」

実にキザでダンディーである。一度でいいから言ってみたい。

最古の勅撰和歌集である『古今和歌集』を編纂した一人で、以後の勅撰和歌集に最多の435首が取り上げられるなど、和歌の権威として現在でも名を残す紀貫之。彼には、この歌のイメージとは正反対の有名な作品がある。それが『土佐日記』だ。

いわゆる日記文学のさきがけとなったものだが、当時男性がひらがなで文章を書くのは前例がなく、また日記というのが公の記録を意味することもあり、よほど恥ずかしかったのか、「男もすなる日記といふものを女もしてみむとてするなり」と女のふりをしている。今で言えばネカマみたいなものだろう。

何か他に事情があったのかもしれないが、意外とキモい趣味の持ち主だったのかもしれない。

土佐の国から京にもどるまでの紀行を、紀貫之は女性のふりをして書いた。

本当は怖い
百人一首

其之七

サド趣味の変態天皇

陽成天皇は数々の乱行でわずか17歳で廃位となる

❖82歳で死ぬまでの65年を不満と憂鬱にまみれて過ごす

生々しい恋の歌を初恋相手に贈った陽成天皇（歌の内容についてはP168参照）。その人生は波乱に満ちたものだった。

父・清和天皇の都合によりたった9歳で即位した陽成天皇は即位当初、母である高子と、その兄・藤原基経らの協力で政務を執り行っていた。しかし清和天皇が没すると、基経が陽成天皇の乱行を理由に辞職を求め、認められないとなると自邸に引きこもってしまった。こうなると政務が滞るようになり、天皇の資質も問われることになる。

ちなみにこの頃、陽成天皇が手を染めたという乱行の数々は、以下の通り。

・乳兄弟である源益を殴り殺す
・犬猿の仲とは本当かと犬と猿を闘わ

せてどちらかが死ぬまで観察する
・人を木に登らせ墜落死させる
・娘を琴の弦で縛り水攻めにする
…などなど。

これら乱行の数々は基経が流したデマという説もあるが、陽成天皇の評判が当時の貴族社会で芳しくなかったのは事実である。

乱心乱行を理由に17歳で廃位させられたのち、82歳で亡くなるまでの65年間、不満と憂鬱の中で過ごした陽成天皇。彼の唯一の救いは、歌を贈った相手、綏子内親王と結ばれて余生を過ごせたことかもしれない。

陽成天皇の素行は悪かったようだが、それを逆に利用して権力を掴んだ藤原基経。

本当は怖い
百人一首

其之八

日本を呪った怨霊歌人

保元の乱に破れて讃岐に流された崇徳院

❖舌を噛み切ったその血で呪詛の言葉をしたためる

「瀬をはやみ 岩にせかるる 滝川の われても末に 逢はむとぞ思ふ」

一度は別れることになったとしても、いつかは再び出逢い、結ばれたい……。自然の情景に仮託して、悲恋と未来への希望を詠み上げた実に美しい歌である。だが、詠み人の崇徳院《すとくいん》は、歌をそのままに受け止めてしまっていい人物ではない。

生まれたときから父・鳥羽天皇に疎まれた崇徳院は、23歳で強引に譲位させられてしまう。その後は歌道に力を入れているが、その裏では自分の力で院政を行いたいという願望を常に持ち続けていた。1150年、「久安百首」の歌合で詠まれたこの歌も、そんな崇徳院の心情が込められていると考えるのはむしろ自然だろう。

しかしそんな望みもむなしく、朝廷内部の政争に巻き込まれ、保元の乱に敗れ去った崇徳院は、讃岐に流され失意と憎しみにまみれながら8年後に亡くなった。その末期は、爪や髪を伸ばし続けて夜叉のような姿になり、自らの舌を噛み切ったその血で朝廷と日本を呪詛する言葉を書き綴るという、壮絶なものだった。

数年後、平安京が大火災にみまわれ、陰謀、反乱、皇族の死が相次ぐと、人々はその口に崇徳院の怨霊を語らずにはいられなかったという…。

伝説では、讃岐に流された崇徳院は、爪や髪を伸ばし続け夜叉のような姿になり、後に生きながら天狗になったとされている。

本当は怖い
百人一首

其之九

妖怪「鵺」と忍ぶ恋

鵺退治・源頼政の娘に生まれた二条院讃岐

近衛天皇の頃、宮中を騒がせた「鵺《ぬえ》」を退治した武士としてほまれ高い頼政の娘に生まれた讃岐は、二条院に仕えてたびたび歌会に出席し、類まれな歌才を発揮した。親子で文武の道にその名を轟かせることとなり、頼政もさぞ誇らしかったことだろう。しかし、その頃の朝廷は権謀術数の渦巻く伏魔殿と化しており、頼政は政争に巻き込まれる形で何度もその身を危うくしてい

❖平清盛に敗北した源氏一族の悲劇を歌に

「我が袖は 潮干に見えぬ 沖の石の 人こそ知らね かわく間ぞなき」

沖に沈んだ石のように、私の袖は涙で乾く暇もないのです——。この歌を二条院讃岐が詠んだのは、父・源頼政の所領であった若狭《わかさ》の田烏浦《たがらすうら》に身を寄せた後のことだという。

た。宮中にあって父の様子を知る讃岐の心中は、決して穏やかなものではなかったはずである。

保元・平治と二度の乱にかろうじて勝者に与した頼政だったが、以仁王が挙兵するとこれに味方して平清盛ら平氏一門と戦う。しかし、ついに敗れて平等院にて自害した。

これを機に京を離れた讃岐は、頼政ら源氏の親類縁者が次々に死に果てる様を見続けた半生を振り返った。それは、まさに涙をぬぐう袖が乾く暇もないほどの、悲しみの日々だったに違いない。

観光で人気のスポット・平等院は二条院讃岐の父である源頼政の最期の場所だった。

お化け屋敷と化した豪邸

源融が愛した河原院は朽ち寂れて原型をとどめず

❖風流人の人気スポットに源融の霊が出るウワサ

「八重むぐら しげれる宿の さびしきに人こそ見えね 秋は来にけり」

恵慶法師《えぎょうほうし》が詠んだ「八重むぐら」というのは、雑草が何重にもはびこっている様のことで、荒れ果てた家屋を象徴的に表す言葉。ここでは光源氏のモデルと言われる源融《みなもとのとおる》が建てた河原院のことをさしている。融は赴任していた宮城県の塩釜をこよなく愛し、平安京に塩釜を再現する邸を建てた。これが河原院（六条院とも）である。製塩で賑わっていた光景を再現するために、海から海水を運んでは塩田を作らせるといった贅《せい》の凝らしようだった。

　ところが融が死んだ後、子の昇はこれを宇多天皇に献上してしまう。宇多天皇は、源氏姓をもらって臣籍降下した身から天皇に返り咲いた人物。同じ事を望んで叶えられなかった融が知れば、嫉妬の嵐が吹き荒れただろう。宇多天皇の愛妾・京極御息所が河原院で融の亡霊に命を奪われたという伝説があるくらいだ。『源氏物語』で夕顔が六条御息所の生霊に取り殺された「某院」は、荒廃した河原院がモデルというのはこの伝説からである。

冒頭の歌が詠まれたのは融の死後80年経ってからのこと。この頃には数度の火災と亡霊の噂ですっかり寂れ果てていた河原院が、風流人にとって格好のスポットだったのは皮肉である。

京都にある河原院跡。この地で華やかな宮廷生活を送っていた源融がこの世を去って廃屋と化した。

本当は怖い
百人一首

其之十一

怒りのあまり鬼と化す！

玄宗皇帝に愛された天才留学生・阿倍仲麻呂の末路

❖死しても秘伝書を求め 中国の地をさまよう

「天の原 ふりさけみれば 春日なる 三笠の山に いでし月かも」

阿倍仲麻呂がこの歌を詠んだのは、遣唐使としての長い留学生活を終えた際の、送別会での席上だと伝えられる。その場には、仲麻呂が現地で親交を深めた李白や王維などの錚々たる文人が別れを惜しんだという。

ところが、仲麻呂が乗った帰国船は嵐で遭難。辛うじてヴェトナムに漂着して命は助かったものの、仲麻呂の才能を愛していた玄宗皇帝は以後、行路が危険だとして帰国を許さず、仲麻呂は唐の朝廷に仕えてヴェトナムの大都督（軍の司令長官）にまで登りつめなることになった。そして770年、73年の生涯をついに異国の地で閉じることになったのである。

　これだけでも壮絶な人生だが、もう一つ次のような異伝も伝わっている。遣唐使として唐を訪れた仲麻呂は、藤原不比等の命で『金《きん》烏《う》玉《ぎょく》兎《と》集《しゅう》』という秘伝書を求めていた。だが玄宗皇帝の寵愛を妬んだ奸臣に謀殺されてしまい、怒りでそのまま鬼となる。その後、戻らない仲麻呂の代わりに遣唐使となった吉備真備が、同じように殺されかけるが、鬼と化した仲麻呂によって窮地を何度も救われる。おかげで真備は無事『金烏玉兎集』を持ち帰り、不比等の密命を果たしたという。

阿倍仲麻呂が乗った遣唐使の航路

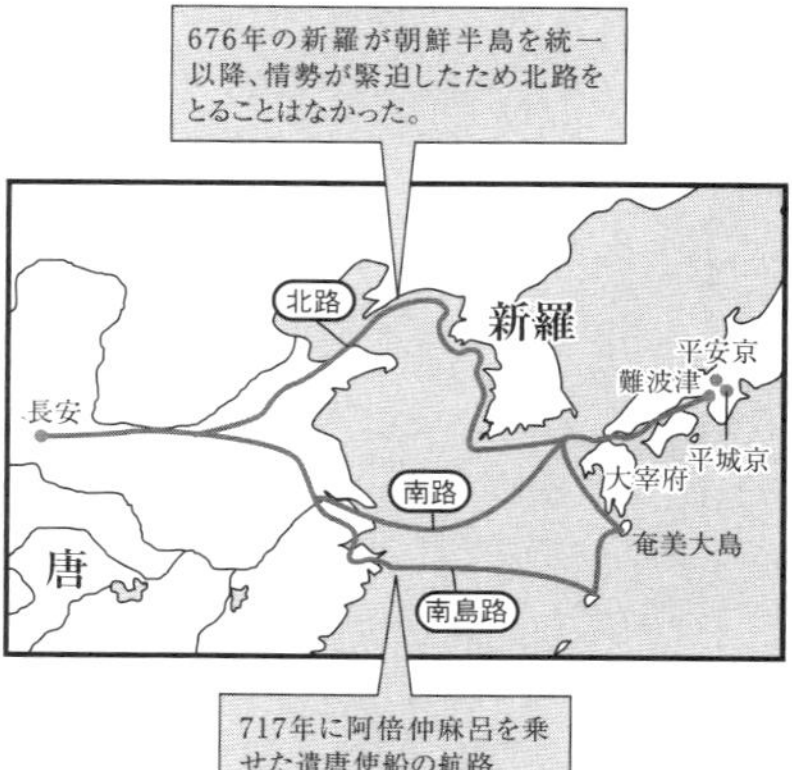
717年に阿倍仲麻呂を乗せた遣唐使船の航路

船で外国の地に行くことはただでさえ難しかった。帰国の航路の安全性がわからなかったのならなおさらである。

本当は怖い
百人一首

其之十二

髑髏になった女

世界三大美女の小野小町は老いて姿を消す

❖恋の噂は数知れず しかし花の色は移り行き…

百人一首に取り上げられた歌では、自らの老いゆく姿を典雅に悲しんでみせた小野小町（P164参照）。世界三大美女に数えられてはいるものの、彼女の伝記的情報はほとんど伝わっておらず、真の姿は謎に包まれている。もし彼女のことを知ろうとするなら、遺された100首余りの歌に求める他ないが、そこでは、同時代を生きた在原業平、僧正遍照《そうじょうへんじょう》、小野貞樹《おののさだき》などとのやりとりを窺うことができる。

若いころはピシャリと男を断る歌も贈っていた小町だが、ある時からつらい恋の歌を詠むようになる。

「いとせめて 恋しきときは むばたまの 夜の衣を 返してぞ着る」

本当にもう耐え切れないほど恋しい

時には、「夜の衣」を裏返して着て寝ます——。夜の衣、つまりパジャマを裏返して着れば、夢の中に恋しい人が訪ねてきてくれる。そんなおまじないに頼ってまで、思いを焦がした相手がいたということだろう。絶世の美女といえど、大失恋を経験していたのかもしれない。

だがその後、小町はぱたりと消息を絶ってしまう。後世の人は、小町が老いゆく姿を誰にも見せたくないために人知れず旅に出たのだと噂しあい、どこかの荒野で物乞いになったとも、朽ちて髑髏になったとも伝えられた。

小野小町は同じ六歌仙の文屋康秀《ぶんやのやすひで》との交流もあったらしい。宮中サロンの関係者にも小町のお相手はたくさんいたはず。

本当は怖い百人一首

其之十三

閻魔に仕えた「野狂」

文武に秀でた小野篁が夜な夜な向かった先とは⁉

❖冥府魔道に通ったのは歴史上でもただ1人

嵯峨上皇を怒らせて、隠岐の島に流刑となったときに詠んだ歌が百人一首に取り上げられた、参議篁こと小野篁《おののたかむら》（Ｐ１６６参照）。「野狂（狂った野人）」と呼ばれるほど豪胆な人物だったが、なんと夜毎に閻魔大王の裁判を手伝っていたというから驚きだ。

『今昔物語』によれば、藤原良相《よしみ》という人物が、学生時代の篁を助けたお礼に、死後の閻魔大王の裁判で篁にとりなしてもらい、蘇ることができたという逸話が記されている。篁は京都の六道珍皇寺裏手にある井戸から冥界へ通っていたといわれ、嵯峨の薬師寺境内の井戸からこの世に戻って来ていたというが、そんな人物は歴史のなかでも篁くらいのものだろう。

小野篁が配流に至るまで

承和元年（八三四）一月
小野篁が遣唐副使に任ぜられる。

承和三〜四年（八三六〜八三七）
台風によって船が難破し、二度にわたって渡航が失敗。

承和五年（八三八）四月
大使の藤原常嗣《つねつぐ》と争いになり乗船を拒否。

篁の作品として遣唐使を風刺する「西道謡」が都に出回る。

承和五年（八三八）十二月
嵯峨上皇の怒りを買い、官位を剥奪され隠岐に流される。

小野篁の配流経路

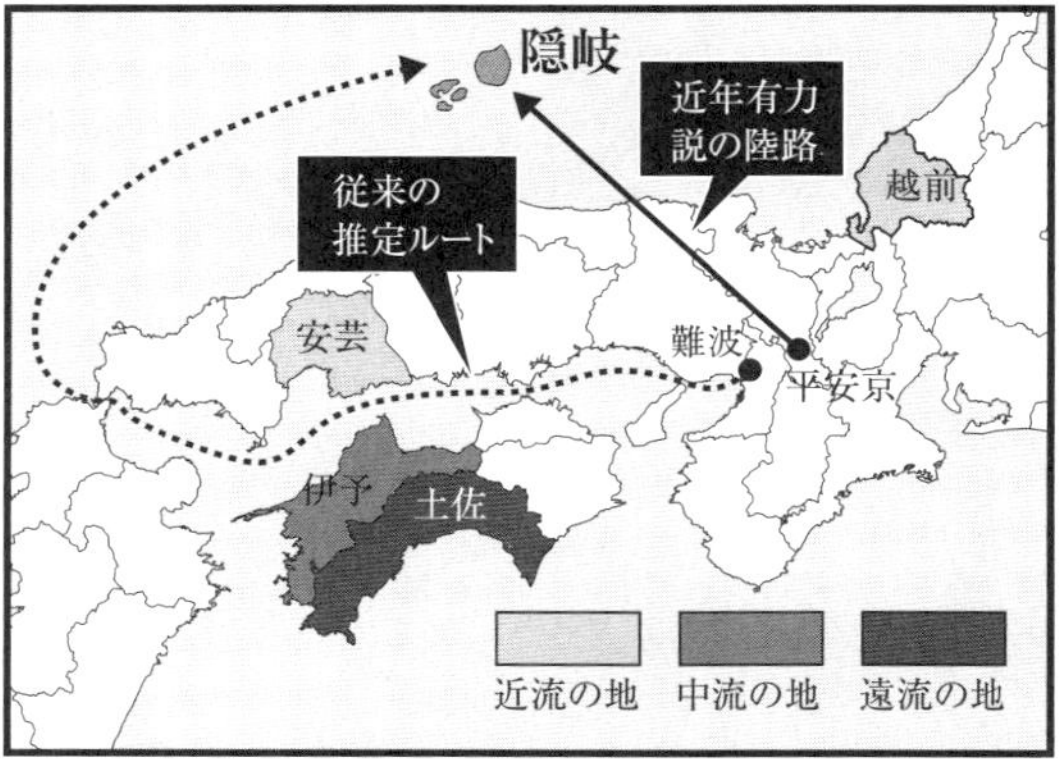

基準としては近流300里・中流560里・遠流1500里であったと言われている。罪の重さによって距離の長短が決められた。

短すぎた天才書道家の生涯

歌も書も漢詩もこなした太政大臣・藤原良経

❖妻を追うように謎の死を遂げた最高権力者

藤原良経《よしつね》は摂政・関白九条兼実《くじょうかねざね》の次男に生まれ、書道、漢詩、和歌の才能に恵まれた。百人一首では91首目の歌に撰ばれる。特に書道は天才的でのちの後京極流の始祖と呼ばれ、鎌倉時代に流行するほどの腕前を誇った。

１１９５年に内大臣に出世するが、翌年1月に政敵の源通親と丹後局らの反撃を受けて朝廷から追放された。しかし、１１９９年に左大臣として政界復帰を果たし、波乱万丈の人生を送っていた良経に平穏が訪れたかにみえた。

ところが、翌１２００年に最愛の妻を亡くし、寂しいひとり寝の夜の思いを詠んだのが、百人一首に撰ばれた歌である。その後も昇進し続け、１２０4年にはついに太政大臣まで上りつめ、時の最高権力を手にしたと思われた。しかしその2年後、良経は曲水宴の目前に謎の死をとげる。享年38歳であった。苦心の末、『新古今和歌集』が完成し、太政大臣として政治家としてバリバリ活躍が見込まれたさなかの突然死に藤原定家などの歌仲間からも偲ぶ歌が多数届いたという。

死因は諸説語られており、「寝所で何者かに天井から槍で刺されて急死説」「盗賊に殺された説」『新古今集』に入選しなかった人の恨みをかったいう説」など様々な憶測を呼んだが、結局は暗殺とされている。

京極の屋敷に庭園を設けた良経によってはじめられた「曲水の宴」。盃が流れてくる間に歌を詠むという文人遊戯としては最高の遊びであった。

歌合後、無念の悶死！

平兼盛と壬生忠見、2大歌人の勝負をわけた天皇の呟き

❖1勝1敗で迎えた出世と命をかけた歌勝負

40首目と41首目の対になっているのが歌合で戦った平兼盛《かねもり》と壬生忠見《みぶのただみ》だ。960年に村上天皇によって行われた天徳内裏歌合が催された際、2人は歌を交えている。歌合とは歌人を左右2組に分け、詠んだ歌を一番ごとに優劣を競う遊びである。

平兼盛の父は光孝天皇の曾孫で臣籍降下して平姓を賜った人物。兼盛自身は三十六歌仙の1人で勅撰和歌集に約90首が採録されるほど優れた歌人であった。壬生忠見の父は壬生忠岑《みぶのただみね》で、父子とも百人一首に撰ばれているのみならず、三十六歌仙にも名を連ねている。貧しい家柄だったが、幼少のころから和歌の才能があった。

天徳内裏歌合は20番の歌題で行われ

た、2人の戦いは全部で3番。12番の「卯花」では兼盛が勝利、15番の「夏草」では忠見が勝利し、1勝1敗の五分で迎えた最終20番「恋」で読まれたのがそれぞれ40番「忍ぶれど 色に出でにけり わが恋は ものや思ふと 人の問ふまで」と、41番「恋すてふ わが名はまだき 立ちにけり 人知れずこそ 思ひそめしか」である。

　どちらも秀作で判定に困った審判は天皇が「忍ぶれど～」と口ずさんでいたことから兼盛の勝利となった。忠見はその後食べ物が喉を通らなくなり死んでしまったという逸話がある。

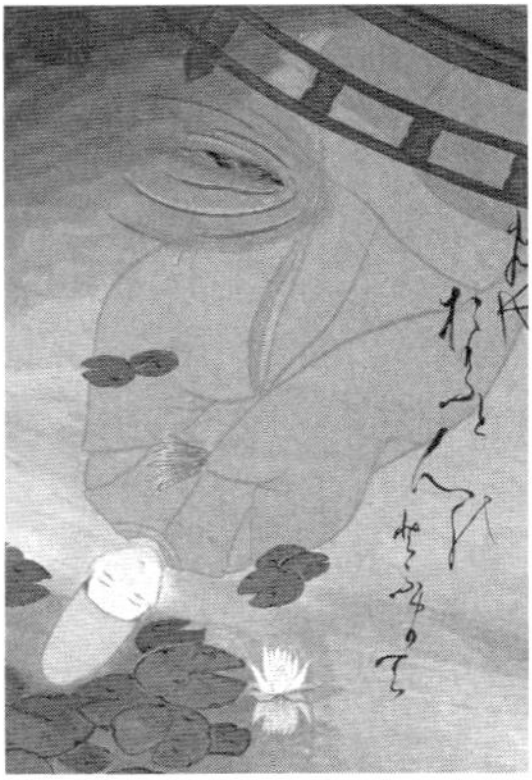

官位が低かった忠見は唯一の誇りであった歌で兼盛に敗北したことが、人生そのものの敗北に思えたのだろう。

其之十六

偉大な母の影で苦しむ娘

小式部内侍は機知に富んだ返歌で代詠疑惑を払拭！

❖母譲りの才能で定頼を退散させる

小式部内侍は和泉式部の娘で、和歌の才能を若くして見せつけていたため、「母親に歌を代詠させている」という噂が流れた。

そんな折り、ある歌合に招かれた小式部内侍をからかったのが藤原定頼だった。そのとき定頼の袖をつかんで引き止め、瞬時に詠んだのが60番「大江山いく野の道の 遠ければ まだふみも見ず 天の橋立」の歌である。母のいる丹後の「天の橋立」に足を「踏み」入れてもいないし、「文」も届いていない――。技巧に富んだ歌で定頼の侮辱に対応したのだ。

こうして小式部内侍は代詠の噂を否定しただけでなく、親の七光りではない実力を見せ、名声を高めたのだった。

小式部内侍が表現した道のり

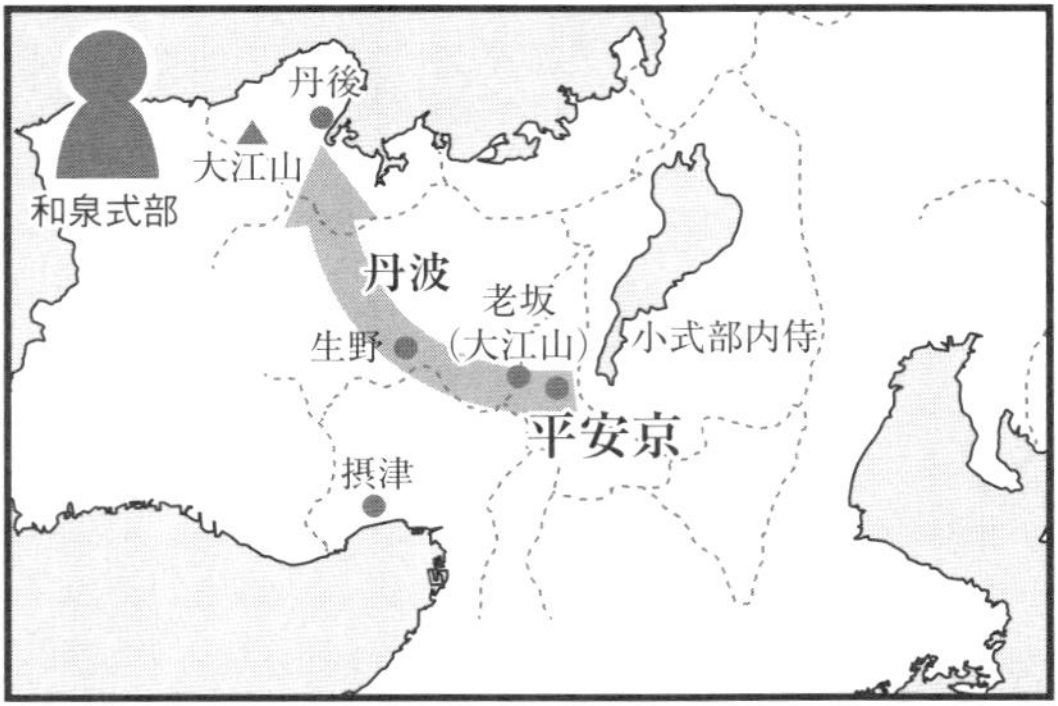

当時、夫に従い丹後に住んでいた和泉式部との距離の遠さを小式部内侍は上手く表現した。

日本三景のひとつ「天橋立」。美しい情景を瞬時に歌に取り入れた、小式部内侍の才能が光る。

本当は怖い百人一首

其之十七

浮かばれぬ人生の悲嘆

高貴な血に生まれながら地方官を歴任した源宗于

❖最後に出世したが1年後に没する

百人一首の特徴のひとつとして、地位に恵まれなかったものや歴史上の敗者たちの歌が多数撰ばれている点があげられる。源宗于《みなもとのむねゆき》もその一人だ。源宗于は光孝天皇の第一皇子、是忠親王《これただしんのう》の子で894年に源氏姓を賜与され、臣籍降下する。三十六歌仙に選ばれるほど歌の才能の高かったが、宮中での出世はなかなか叶わなかった。丹波権守、摂津権守《ごんのかみ》、三河権守、相模権守、などの国司を務めるなど地方官を歴任し、また兵部大輔、右馬頭を務め、。939年に正四位下・右京大夫に昇進したが、たった1年後の翌年に没した。

右京大夫として登場している『大和物語』にはこのような記載がある。宇多天皇が紀伊国から石のついた海松という海草を持ち帰り奉ったことを題として、人々が歌を詠んだときのこと。宗于は「沖つ風ふけゐの浦に立つ浪のなごりにさへやわれはしづまぬ」（沖から風が吹いて、吹井の浦に波が立ちますが、石のついた海松のようなわたくしは、その余波によってさえ波打ちぎわにもうち寄せられず、底に沈んだままでいるのでしょうか）という歌で自分の官位が上がらないことを嘆いた。しかし、宇多天皇は「何のことだろう。この歌の意味がわからない」と側近の者にこぼすのみ。宗于の思いは天皇に伝わらなかったのだ。

歌がまずかったのか、それとも故意なのか、宗于の訴えは宇多天皇に届くことはなかった。『宇多法皇像』仁和寺蔵）

本当は怖い
百人一首

其之十八

惨殺された最後の将軍

12歳で将軍に、22歳で達観した日常を詠んだ源実朝

❖武士の棟梁として散った28年の短くも悲しき人生

12歳で鎌倉幕府の3代将軍に就いた源実朝は、政治の実権を北条氏が握っていたため傀儡将軍だった。実朝自身は京の文化に心酔しており、藤原定家に和歌の添削の文を送り、貴重な歌書をもらう歌道の師弟関係だった。実朝は幼いころに将軍になり孤立した境遇であったが、歌風はのびのびとした独特の感性で『金槐和歌集』を作っている。

93首目「世の中は 常にもがもな 渚こぐ あまの小舟の 綱手かなしも」は、実朝が22歳のときに詠んだものだ。世の中が、常に平穏であってほしい――。そんな達観した想いをこめた実朝は、そのわずか5年後に甥の公暁に暗殺される。若き将軍の死、それは同時に、鎌倉幕府の終焉でもあった。

源実朝の人物相関図

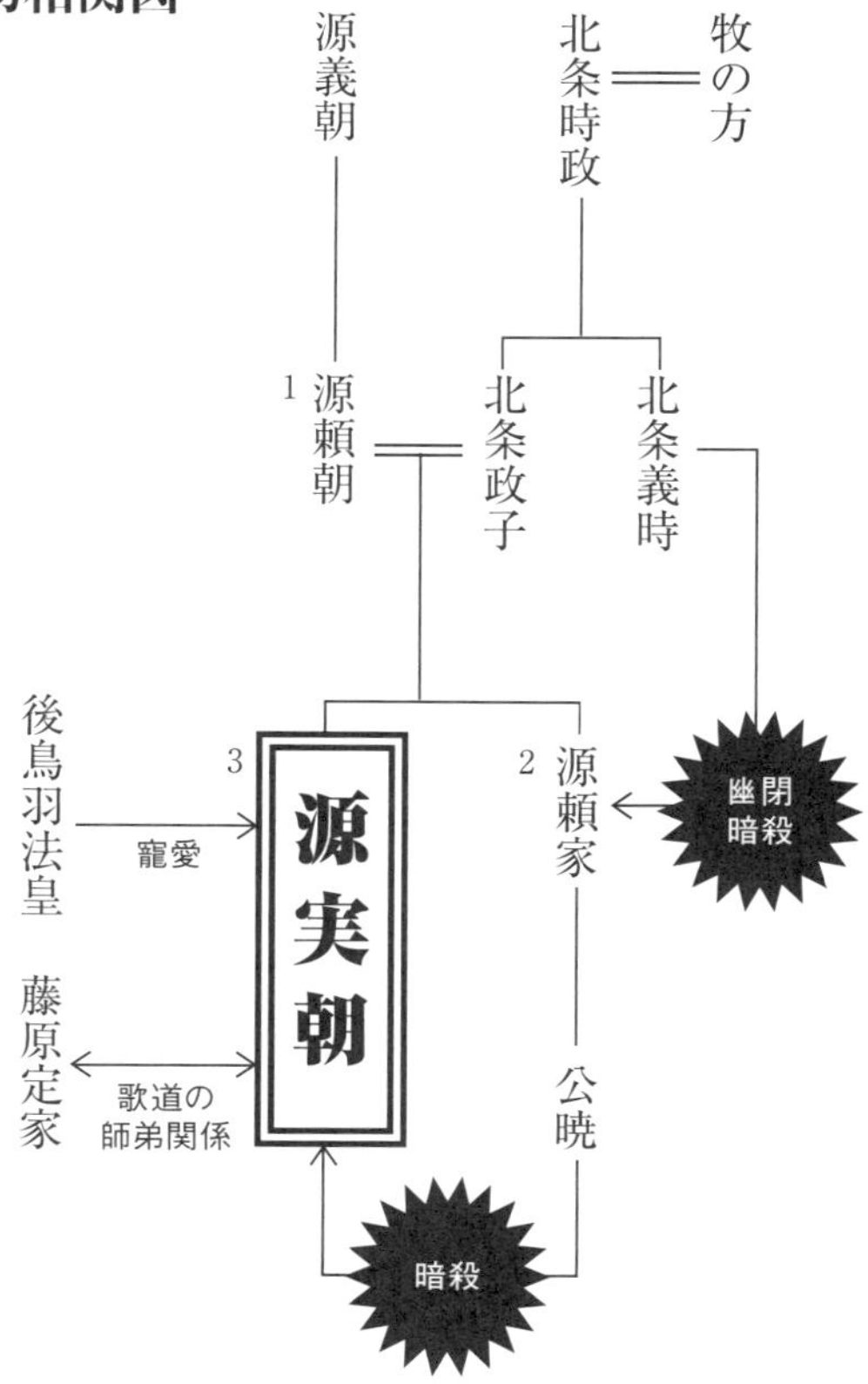

※表の数字は将軍継承の順番

本当は怖い
百人一首

其之十九

不遇人生の恨みをこめて

権力者に息子の出世を訴え続けた藤原基俊

❖渾身の一首を返したのに女々しさいっぱい!!

当時の権力を握っていた藤原北家の生まれで藤原道長の曾孫、父は右大臣藤原俊家のもとに生まれた藤原基俊《ふじわらのもととし》。藤原家の主流でありながら官位に恵まれず出世することはなかった彼は、その分、息子に期待をかけた子煩悩っぷりを発揮した。時の権力者で76首目に登場する藤原忠通に、息子の皇覚《こうかく》を維《ゆい》摩《ま》会《え》の講師にしてくれとお願いをしていたのだ。維摩会とは奈良の興福寺で行われる大法会のことで、仏教界で3本の指に入る重要な法会。この場で講師を務めることは僧侶として出世することを意味していた。

基俊の頼みに忠通は「なほ頼めしめぢが原のさせも草わが世の中にあらんかぎりは」（しめじか草のさしも草よ

自分がこの世にある限りは頼っていいぞ)と返したという。しかし、いつまでも選ばれないうらみつらみを込めて詠んだのが75首目。

「契りおきし させもが露を 命にて あはれ今年の 秋もいぬめり」の歌である。

忠通が歌った「さしも草」に引っ掛けて技巧を見せつけつつ、息子の出世をとりなそうとする女々しさもさらけ出している。自身も歌壇に登場するのが遅かったためか、必要以上に子供に期待をかけていたので、なりふり構わず権力者に尻尾をふったのだろう。いつの時代にも親バカは存在していた。

基俊は氏長者の忠通に何度も息子の出世をお願いしていたようだが聞き入れてはもらえなかった。

其之二十

降りかかる不幸の数々

歌道の流派を興す大成者・藤原清輔の苦労人生

❖名門六条流の御曹司の見た目以上に辛い日々

「ながらへば またこのごろや しのばれむ 憂しと見し世ぞ 今は恋しき」

第84番を詠んだ藤原清輔《きよすけ》は、歌道の流派のひとつである六条流の家元に生まれた、いわば和歌のサラブレッドだった。その才能は申し分なく、多くの著作を残して歌学の大成者となった、当時を代表する大歌人であったといえよう。だが彼の人生は、結果から見えるほど順風満帆なものではない。祖父、父と続いた名門六条流の教育はたいへん厳しかったようで、父・顕輔《あきすけ》が勅撰和歌集である『詞花和歌集《しかわかしゅう》』の編者に任じられた時、父と衝突した清輔の歌は一首も採用してもらえなかった。

その後も父との関係がギクシャクして官位の昇進が滞るようになった清輔。

父が死んだときはさぞ心からの自由を感じたに違いない。意気盛んとなった清輔を、時の二条天皇は『続詞花和歌集』の編者に任じ、存分に彼の歌学を発揮させようとした。しかし不運にも完成する前に二条天皇が崩御して、勅撰和歌集になることはなかった。

ほかにも妻とは死に別れ、子どもも3歳で亡くすなど、不幸が続く。冒頭の歌は「こんなにつらい世のなかも、いつかは懐かしく感じられるのだろうか」と人生の辛さを歌ったものだが、まさに清輔の半生の思いをこめた歌だったといえよう。

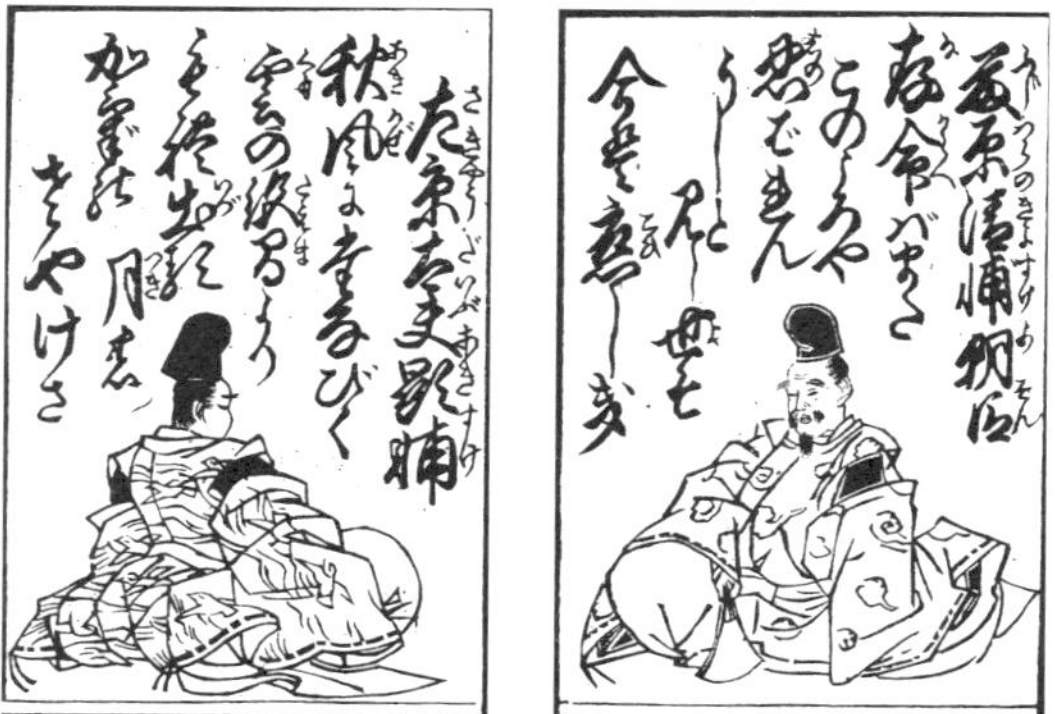

一縷の希望だった勅撰集までも失うも、ポジティブに物事をとらえる清輔ならでは1首。(『小倉百人一首』国立国会図書館所蔵)

本当は怖い
百人一首

其之二十一

視力を失った遅咲きの天皇

藤原道長に追い込まれ失意のまま退位した三条天皇

❖眼病、火災、不幸にみまわれた悲しき皇帝

三条天皇が即位したのは36歳のとき。当時は藤原道長が権力を得ており、関係はかなり険悪だった。皇后をたてる儀式の際も道長を恐れ、貴族は参加を遠慮したという。そのような状況の中、1014年天皇は眼病を患ってしまう。白内障か緑内障と思われるが、当時ではなす術はなかった。さらに同年と翌年に内裏が焼失する火災が続発。その責で道長に譲位を迫られ、退位を決意したとき詠んだのが68番。「心にも あらでうき世に ながらへば 恋しかるべき 夜半の月かな」。こんな浮世に長生きしたくないけれど、もしもしてしまえば、今日の美しい月を懐かしむことだろうな——。薄れゆく視界の中、自らの人生を嘆く悲しい1首だった。

三条天皇の耐えがたき苦痛

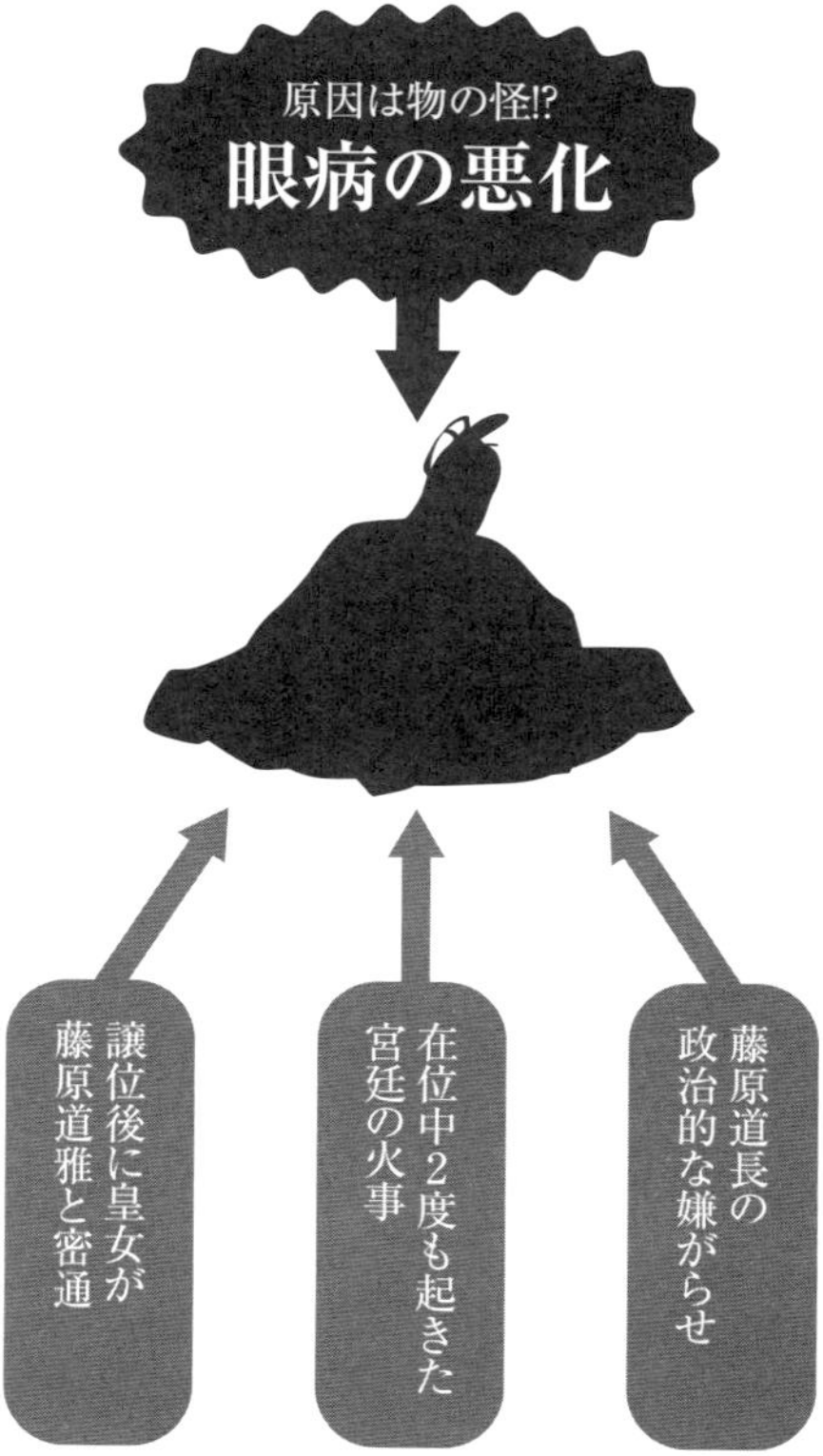

伊勢斎宮であった皇女の当子内親王と藤原通雅との密通が発覚。2人は別れさせられ、当子内親王は病により出家してしまった。

其之二十二

神に祀り上げられた怨霊

死後に政敵たちを次々に祟り殺した菅原道真

❖絶頂から転落し恨みを抱きながら死ぬ

「このたびは 幣《ぬさ》もとりあへず 手向山 もみぢの錦 神のまにまに」

第24番は、菅家こと菅原道真が898年、宇多上皇の宮滝御幸に同行した際に詠んだ歌。穏やかなのは、これを詠んだ当時、道真は人生の絶頂期にあったからである。だがその3年後、あらぬ嫌疑で福岡県の大宰府に左遷され、子供たちも流罪に処せられてしまう。

道真の死後、彼を陥れた者たちが次々に病死する異変が相次ぐ。また宮中の清涼殿が落雷を受けて多くの死傷者を出し、それを目撃した醍醐天皇まで3ヶ月後に病没。道真の祟りを恐れるようになった朝廷は、道真の名誉を回復すると、神様に祀り上げることでその怨念をなんとか鎮めたのである。

全国に祀られる道真の神霊

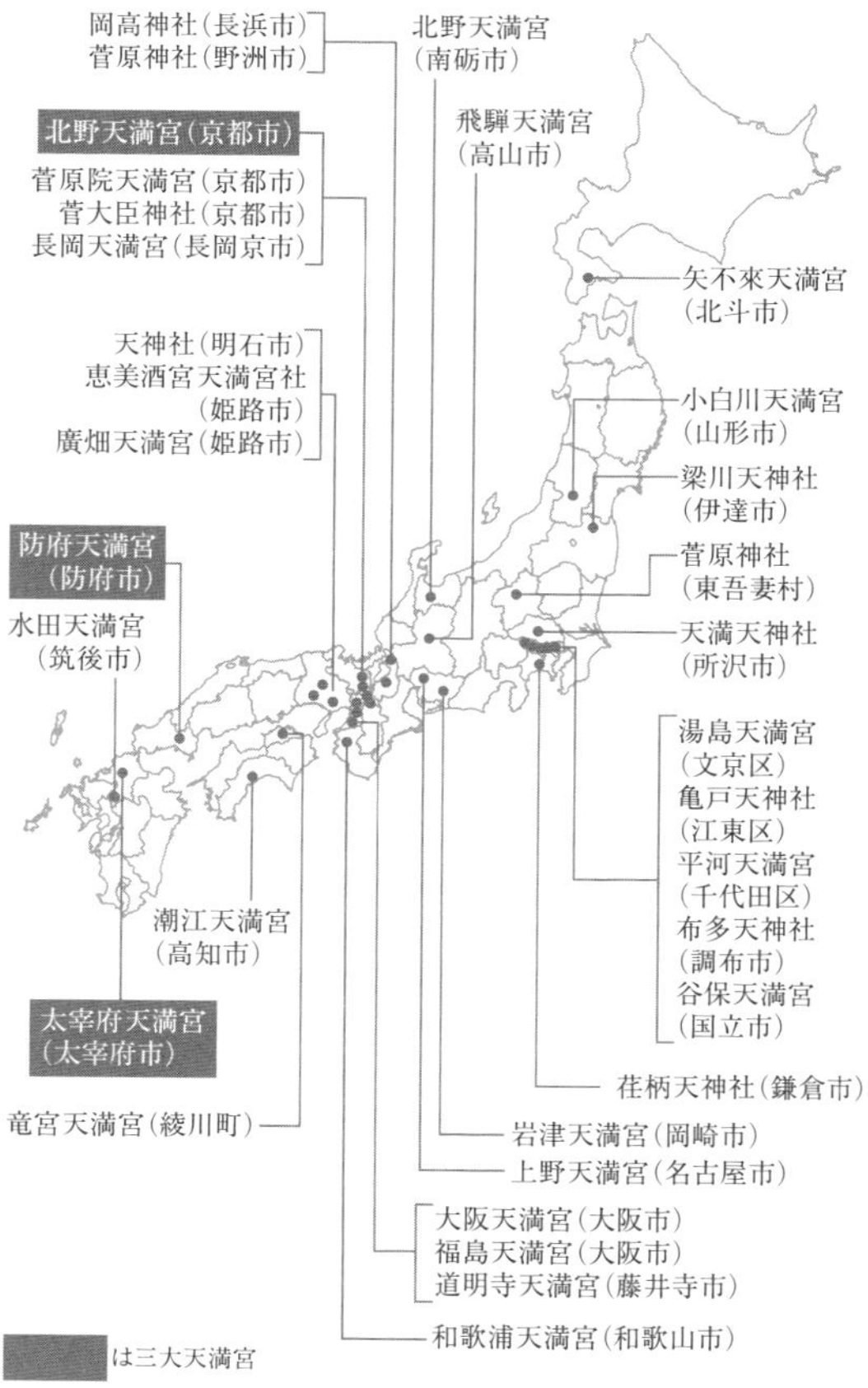
岡高神社（長浜市）
菅原神社（野洲市）
北野天満宮（南砺市）
北野天満宮（京都市）
菅原院天満宮（京都市）
菅大臣神社（京都市）
長岡天満宮（長岡京市）
飛騨天満宮（高山市）
矢不來天満宮（北斗市）
天神社（明石市）
恵美酒宮天満宮社（姫路市）
廣畑天満宮（姫路市）
小白川天満宮（山形市）
梁川天神社（伊達市）
防府天満宮（防府市）
菅原神社（東吾妻村）
水田天満宮（筑後市）
天満天神社（所沢市）
湯島天満宮（文京区）
亀戸天神社（江東区）
平河天満宮（千代田区）
布多天神社（調布市）
谷保天満宮（国立市）
潮江天満宮（高知市）
太宰府天満宮（太宰府市）
荏柄天神社（鎌倉市）
竜宮天満宮（綾川町）
岩津天満宮（岡崎市）
上野天満宮（名古屋市）
大阪天満宮（大阪市）
福島天満宮（大阪市）
道明寺天満宮（藤井寺市）
和歌浦天満宮（和歌山市）
は三大天満宮

其之二十三

大僧正の祟り

若くして悟りを開いた慈円の一首

❖権力者には厳しく死後に幼帝を祟り殺す

「おほけなく うき世の民に おほふかなわがたつ杣に 墨染の袖」

百人一首の第95番の歌を慈円が詠んだのは、彼がまだ30歳になるかならないかの頃。「身の程知らずではありますが、この手で浮世の民を救いたいのです」と若き僧侶としての決意を高らかに歌いあげた内容となっている。

鳥羽、崇徳、近衛、後白河と4代にわたる天皇の御代で、摂政関白になり続けた藤原忠通の十一男に生まれた慈円は、幼くして寺に預けられ、政界からは遠ざかった人生を歩む運命であった。慈円はそんな将来に腐ることなく、真面目すぎるほど修行に励む。しかし、天台宗の内部対立に辟易して25歳のときには山を下りたいと嘆いた。

当時の僧侶は僧兵と呼ばれる武力集団を抱えて政治にも介入するほどで、内部対立とはほとんど戦争そのものといって差し支えなく、慈円のいた延暦寺の「山門派」は敵対する「寺門派」が拠点とする園城寺を7回も焼いたほどだった。そんな慈円も苦悩のすえに悟りを開き、38歳の若さで座主の地位に登りつめた。

ただし、民衆には限りない優しさを示した一方で、権力者には厳しい対応を示すこともあり、そのせいか、のちの四条天皇が夭折したときには慈円の祟りであるとの噂もたったという。

正義感にあふれる若き僧侶、慈円。寺同士の争いが多かったが苦心の末、頂点を極めた。

本当は怖い百人一首

其之二十四

取り憑かれた霊の加護

藤原定家の父・俊成が長生きできた恐ろしい理由

❖貴族の没落、源平の争い生涯を無常の傍らで生きた

「世の中よ 道こそなけれ 思ひ入る 山の奥にも 鹿ぞ鳴くなる」

百人一首第83番に収められたこの歌は、選者である藤原定家の父・俊成27歳の作である。「世間から逃れる道はない。世を捨てようと思って入った山の中でさえ、こんなに鹿が悲しそうに泣いているではないか」と、平安末期の厭世観をまざまざと歌い上げたものとなっている。

そんな俊成には、平忠度《たいらのただのり》という平家の若武者の弟子がいた。武勇ばかりでなく和歌の才能もある人物だったが、源平の争いがいよいよ大きくなると、忠度は都落ちすることになる。その時、師である俊成のもとを訪れ、巻物に認《したた》めた自らの秀歌を渡し「もし勅撰和歌

集を編纂することがあれば、この中からも選考の対象にしてもらえませんか。約束を守っていただければ、あの世からお守りする者となりましょう」と頼んだ。

俊成は『千載和歌集』を編纂する際に忠度との約束を守り、事情をかんがみてたった1首だけ、詠み人知らずとして入撰させた。あくまで歌の良し悪しだけで、選考の対象にしようとしたのである。この時70近い高齢だった俊成は、忠度の加護のおかげかさらに20年生き延びて、和歌の大家として大成することになったのだという。

忠度の頼みを聞き入れたことで俊成は歌壇で活躍し大成する。

本当は怖い百人一首

其之二十五

朝廷の無力を憂う

定家から死にゆく順徳天皇へのメッセージ

❖止められない幕府との戦を覚悟した一句

後鳥羽上皇の第三皇子である順徳天皇は、幼い頃から才気煥発《さいきかんぱつ》で文筆にも優れ、父である上皇に格別の寵愛を受けた。藤原定家に和歌を師事するだけでなく、宮中の作法である有職故実《ゆうそくこじつ》をまとめた『禁秘抄《きんぴしょう》』を著している。

百人一首の100番「ももしきや 古き軒端の しのぶにも なほあまりある 昔なりけり」という歌は順徳天皇が在位していた20歳のとき詠んだもの。荒れ果てた京を前に、かつての栄華を思いやってみても、思い尽くせない悔しさが滲んでいる。

この5年後、順徳天皇は4歳の息子に譲位し、後鳥羽上皇と共に承久の乱を起こす。この和歌からは、ただ往時を悔恨とともに思いやるだけでなく、今後どのようにしていくかといった、政治的な覚悟を読み取ることもできるかもしれない。平家の血を引く母親に育てられたことで、反幕府の意識が強かったともいわれている。

戦では幕府方に惨敗し、順徳天皇は佐渡に配流されてしまう。京にもどることはできず、22年間もの長い間、佐渡で過ごし、その地で没した。

定家が百人一首の最後に順徳天皇の句を撰んだ理由はなんだったのだろうか。それは過ぎゆく時代とその人物たちへむけての鎮魂の意味があったのかもしれない。

最期は断食を行った後、自らの頭に焼石を乗せて亡くなったといわれている。

本当は怖い百人一首

第二章

本当は怖い「宮廷生活」

本当は怖い
百人一首

其之壱

愛憎うずまく伏魔殿・後宮

百人一首の歌人たちが恋をし、歌を詠んだ世界

❖紫式部と清少納言の確執の原因は後宮制度にあり！

後宮とは、王や皇帝などの后妃が居住する殿舎のこと。日本では平安時代に「七殿五舎」と呼ばれる大規模な後宮が平安京内裏内にあった。七殿五舎では、后妃以外にも東宮（皇太子）やその妃のほか、親王（天皇の嫡男や兄弟）、内親王（天皇の皇女や姉妹）などもも殿舎を賜ることがあった。

百人一首が編まれた平安後期には、「中宮」が皇后にあたり一番身分が高く、その下に「女御」「更衣」がいた。正室でない者は、仮に天皇の寵愛を受け皇子を身籠るようなことがあれば一族の繁栄が約束されるため、かなり必死だったようだ。ライバルとなる者には、目立つ嫌がらせをして逆に天皇の目に止まって不興を買わないよう、悪

い噂を流してまわるなど、狡猾な手段で足を引っ張り合った。

ちなみに、有名な紫式部や清少納言は「女房」と呼ばれる奥向きの側仕えをする下級貴族だった。女房は上級貴族が私的に配した侍女で、後宮の女官ではないため基本的には役職を持たなかったが、貴族と恋愛関係になることが多かったという。ちなみに、紫式部と清少納言は仲が悪かったと言われているが、その背景には、彼女たちがそれぞれ仕えていた中宮定子（藤原道隆の娘）と中宮璋子（藤原道長の娘）の確執があったようだ。

七殿五舎の平面図

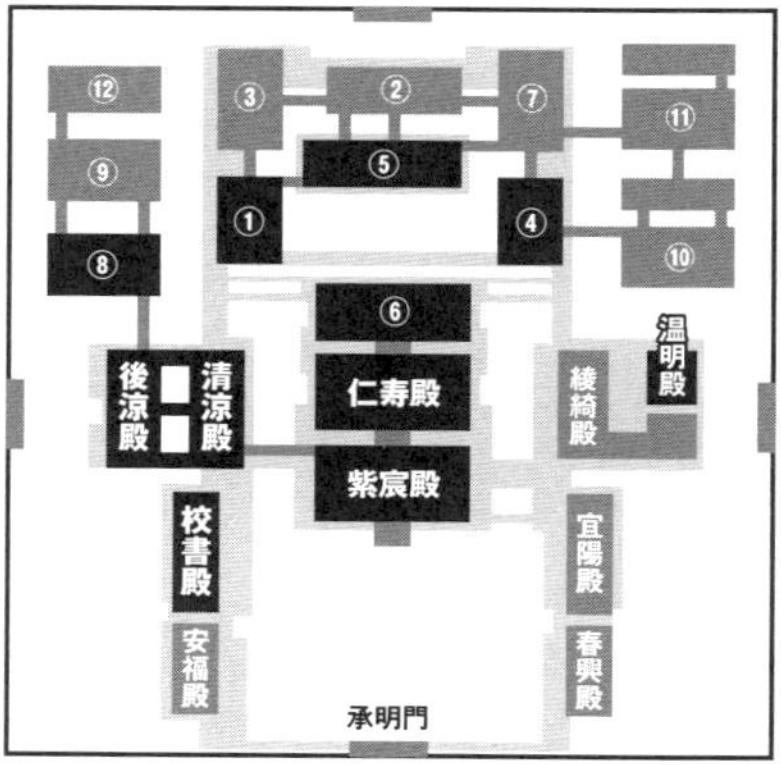

七殿
①弘徽殿
②貞観殿
③登花殿
④麗景殿
⑤常寧殿
⑥承香殿
⑦宣耀殿

五舎
⑧藤壷
⑨梅壷
⑩梨壷
⑪桐壷
⑫雷鳴壷

其之弐

血を忌み嫌う宮廷

中宮といえど宮中にいられるのは妊娠3カ月まで

❖出血を伴う出産は不浄とされ妊婦は後宮から追い出された

平安時代、出産は不浄なものとされており、宮中でこれを行うことは決して許されていなかった。どんなに天皇に寵愛された中宮や女御、更衣などであっても、例外なく出産の時は里に帰るのが習わしだったのである。また、臣下の場合は住居とは別に、産屋を設けていたという。

どうしてそこまで、と現代の感覚では思うかもしれないが、当時の社会は死体や血液を大変に忌み嫌う思想があり、また、肉体的な負担が大きい出産が原因で命を落とす産婦が多かったうえ、死産もまた多かったことが背景にある。

天皇が住まう場所である内裏はどこよりも清らかな場所でなければならず、

生とともに死にもつながる出産は忌避されてしかるべきだったのだろう。

そういうわけで、天皇の寵愛を一身に受ける中宮といえども、妊娠から3カ月ほどで内裏を出なくてはならないのがしきたりだった。

一方で、実際の多くの天皇たちは、やはり父親らしく出産を間近に控えた妻を側で見守りたいとの思いを持つ人物も多かったようだ。当時の記録や物語の中には、この制度のために妻を見守ることもできない自身の立場に対する、天皇の葛藤ややきもきする姿がよく記されている。

中宮であり、後の２人の天皇の母である藤原彰子といえども、宮中で出産することは許されなかった。（『侍賢門院像』法金剛院所蔵）

本当は怖い
百人一首

其之参

近親相姦は当たり前

天皇の血は濃ければ濃いほど高貴とされた

❖藤原家が天皇家をとりこむため近親婚を繰り返す

古代エジプト王朝やハプスブルク家など、かつては世界中で王族や貴族間の近親婚が繰り返されてきた。これは、平安時代の日本でも例外ではなかったようだ。

藤原道長が権力の中枢に上り詰め、何代にもわたって藤原氏の栄華が続いた当時、藤原氏の一族は権力維持のために皇室との婚姻を繰り返し行い、そのほとんどは4親等内での結婚だった。その結果、皇室の人間もほぼ全員が藤原氏の縁戚関係者となり、いとこ同士や叔父と姪、叔母と甥などの近親婚がさかんに行われるようになった。

この近親婚の影響かどうかは定かではないが、容姿が非常に端麗であったことで知られる冷泉《れいぜい》天皇は、一方で数々の奇行を繰り返したことで知られており、一説には精神の病だったとも言われている。

ただし、さすがの平安貴族も古代エジプトの王族のような親子での婚姻や、異母兄妹同士の近親婚はタブー視していたようだ。

ちなみに、平安時代以前には皇族出身者しか皇后になれなかったため、天皇家ではたとえ兄妹でも腹違いなら恋愛・結婚が許されていた。この時代の近親婚の例としては、天武天皇が兄の天智天皇の3人の娘を妃として迎えたことがよく知られている。

鳥羽天皇の中宮・藤原璋子の第一皇子・崇徳院は、実は鳥羽天皇の祖父・白河法皇の子だったともいわれる。（藤原為信『天子摂関御影』のうち「崇徳天皇像」三の丸尚蔵館所蔵）

憎しみ余れば流血沙汰

藤原実資の日記に書かれた宮廷暴力事件簿

❖雅なイメージの平安貴族 粗暴なやからも多かった!?

平安時代の宮廷では、雅なイメージに反して「暴力」が振るわれることも少なくなかったらしい。

藤原道長と同時代を生きた右大臣藤原実資《さねすけ》の日記『小右記《しょうゆうき》』には、当時の平安貴族たちの暴力がいかにひどいものであったかが綴られている。

宮中で取っ組み合いの喧嘩をしたり、従者を殺して生首を持ち去ったり、受領たちを袋叩きにしたり、あげくは天皇が殴られたり……。

そもそも平安時代の栄華を築いた藤原道長は粗暴な振る舞いが多かったことで知られており、そのせいか彼の子や孫たちの中にも血の気の多い人物が多かったようである。

百人一首の歌人である藤原実方《さねかた》は、

藤原行成《ゆきなり》に暴力をふるって左遷されているが、それは決して珍しい光景ではなかったのであろう。

ちなみに、これらの貴族の行状が記された『小右記』は、当時の貴族の日常生活を知る上でも非常に貴重な資料となっている。

誰もが日本史の授業の時に習ったことがある、当時の藤原道長の権勢ぶりをうかがわせる「この世をば 我が世とぞ思ふ望月の 欠けたることのなしと思へば」という有名な歌は、この『小右記』に記されたことで後世に伝わったものである。

『小右記』を残した藤原実資。蹴鞠の達人としても有名だった。（菊池容斎『前賢故実』より藤原実資像）。

本当は怖い
百人一首

其之五

糖尿病でもがき苦しむ

藤原道長ら貴族を悩ませた「飲水病」

❖栄華を誇る藤原家 最大の敵は生活習慣病

平安貴族といえば、男女の歌を詠みながら優雅な暮らしをしていたというイメージがあるが、そんなイメージを覆す病が、当時の貴族の間では流行していたという。

その病の名は「飲水病」、現代で言う糖尿病である。飲水病という病名は、この病にかかると喉が渇き、水を多く飲みたがることから名付けられたもの。

ちなみに、記録に残る日本最初の飲水病患者は、藤原道長と言われる。道長は自身の日記に「日夜を問わず水を飲み、口は乾いて力無し、但し食が減ぜず」と書き残している。まさに糖尿病の症状である。

また、道長の叔父であり、百人一首の歌人でもある伊尹、長兄の道隆、甥の伊周らも飲水病と思われる病が原因で死んでいるため、藤原道長の一族はとくに糖尿病になりやすい家系だったのかもしれない。

この時代の平安貴族は、一晩中の酒宴は当たり前である。また仏教徒が多かったため、肉や魚を摂らず偏った食事をした結果、必然的に糖尿病になる人が多かったようだ。当時この病は原因不明だったため、知らぬ間に病が進行し、狭心症や白内障などを併発し、死に至ることもあった。

昔の人にとっても、糖尿病は徐々に体を蝕む恐ろしい病だったのである。

一説には、鎌倉幕府を開いた源頼朝の死因も飲水病だったという。(『絹本着色伝源頼朝像』神護寺所蔵)

通い婚の危険な夜道

まったく優雅じゃない貴族間恋愛の実態

❖夜盗に過労に女の怨念 貴族の涙ぐましい求愛活動

平安貴族の結婚といえば「通い婚」だが、当時の夜の京は真っ暗なうえに治安も悪く、男にとっては1つの試練だったようだ。

また、貴族は朝7時からの出所が義務付けられていたため、女性に会いに行った日は完全徹夜を覚悟しなければならなかった。

しかも、この頃は3日続けて通うと結婚が成立するしきたりだったから、男性貴族の苦労は、そうとうなものだったと想像できる。

ちなみに、離婚は夫が3カ月ほど妻に会いに行かなければ自然に成立。百人一首では愛する人が訪ねてくれない悲哀が多く詠まれているが、男のほうも過労死か、夜盗人に遭うかの危険にさらされるなかでの恋愛だったことを、汲んで欲しかったに違いない。

なお、現在では主流となっている夫の家に妻が嫁ぐ婚姻形態は、当時は女性の身分が男性に比べ極端に低い場合など、例外的なケースに限られていたらしい。

一説によると、こうした通い婚の習慣は、家族のなかで母親の果たす役割が極めて重要だった縄文時代の生活形態の名残だという。しかし、この大らかな母系社会の系譜は、平安時代の半ば頃から「家」という概念の浸透とともに徐々に失われていく。

二条院讃岐の第92番歌「わが袖は潮干に見えぬ沖の石の人こそ知らねかわく間もなし」には、待つ女の切なさも込められている。

本当は怖い
百人一首

其之七

物の怪が跋扈する都

平安京の夜はもっと、とてつもなく怖かった

❖妖怪、鬼、疫病、群盗 夜のひとり歩きは命がけ!

平安時代の京に跋扈《ばっこ》する、鬼や妖怪たち。そんな馬鹿な、と現代に生きる我々は思うかもしれないが、当時は本気で信じられていたし、それに類する恐怖は確かに存在した。

たとえば、暗くなってひと気のなくなった大通りに、異常に大柄で奇怪な人々の集団が歩いていたとの記録がいくつかの文献に残されていたり、有名な『今昔物語集』には、平安京の内裏内で鬼が女性を食った逸話が記録されていたり、といったように。

この逸話を一笑に付すのは早計であろう。平安末期は大寒冷期だったらしく、飢饉や疫病も多かった。当然、食い詰めた民衆はある者は盗賊になったであろうし、ある者は妖怪のような姿

になって夜の都をさまよったかもしれない。

平安時代に恐れられていたのは鬼や妖怪ばかりではない。不遇の死を遂げた貴人たちが祟神となって怪異や厄災をなし、貴族たちは彼らの怨恨を鎮めるために神として祀るなど、苦労は絶えなかった。こうなると平安京とは名ばかりで、当時、都の平安を乱すと信じられていた存在は、数え切れないほどだったのである。

そんな夜の京を、男性貴族は恋人を求めて歩き回ったというのだから、そのたくましさといったらない。

第26番歌を歌った藤原忠平（貞信公）には宮中から鬼を追い払ったとの逸話がある。（月岡芳年『新形三十六怪撰　貞信公夜宮中に怪を懼しむの図』国立国会図書館所蔵）

本当は怖い
百人一首

其之八

都を震え上がらせた「鵺」

二条院讃岐の父が退治するまで恐れられた妖怪

❖ 夜に鳴く不吉な妖鳥と源頼政の鵺退治

古くから日本で恐れられてきた妖怪の一種に、「鵺」がいる。

『平家物語』によれば、この妖怪は、サルの顔にタヌキの胴体、トラの手足を持ち、尾はヘビという伝説の怪物である。元来は、夜に鳴く鳥（トラツグミ）のことを鵺といったらしいが、この鳥の鳴き声は平安時代の人々には不吉なものとされ、天皇や貴族たちは鳴き声が聞こえると、大事が起きないよう祈祷したという。

平安時代末期には、京の御所に毎晩のように黒煙とともに不気味な鳴き声が響き渡り、二条天皇はこれを恐れて病になってしまった。側近たちはその昔、源義家が弓を鳴らして怪異をしずめた前例から、弓の達人である源頼政に退治を命じる。

頼政がある晩、退治のため宮中に赴くと、不気味な黒煙が清涼殿に覆いかぶさろうとしていたので、酒呑童子や土蜘蛛など数々の妖怪を退治した源頼光伝来の弓を射掛けた。すると、悲鳴と何かが二条城の北側に落下し、弟子が近付いてとどめを刺すと、それはやはり鵺だった。こうして頼政は鵺退治の誉れを得、病気が快癒した天皇から獅子王という名の宝刀をもらったという。

ちなみに百人一首92番を歌った二条院讃岐は源頼政の娘である。

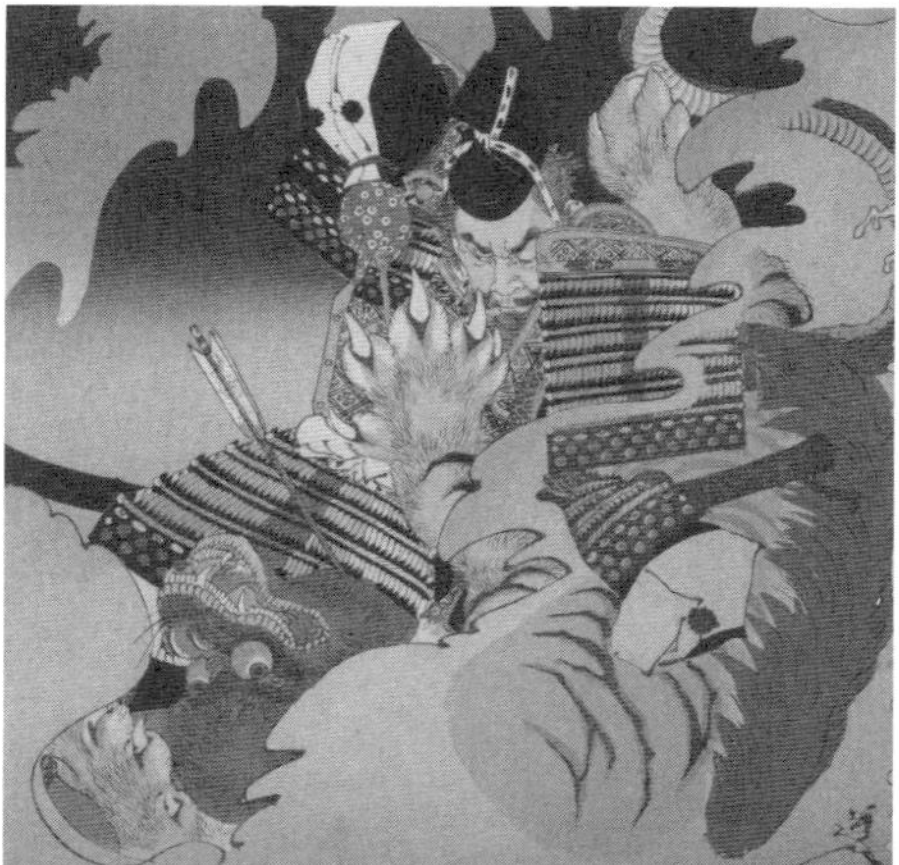

源頼政の郎党、猪早太が鵺を退治する様子を描いた浮世絵。（月岡芳年『新形三十六怪撰 内裏に猪早太鵺を刺図』国立国会図書館所蔵）

其之九

犯せば7人の死者
「方違え」を破るととんでもない事が起こる!?

❖今も受け継がれる方位神への信仰

白河法皇の院政期、「方違《かたたが》え（方忌み）」という風習が流行した。これは陰陽道に由来する風習で、外出の際、目的地が禁忌の方角にあたる場合は、前夜にわざわざ別の方角に行って泊り、方角を変えてから目的地に向かうというもの。

どの方角が禁忌となるかは、当日に天一神、太白、大将軍、金神、王相の5つの方位神がどの方角にいるかによって決まり、方位神は日にちや月によってとどまる方角が変化すると考えられていた。

また、星神によっては、「方位を犯せば7人まで死者が出る」といわれる忌むべき神もいた。

平安時代の貴族たちはかなり厳密に

この風習を行なっていたようだが、一方では、これを夜遊びの口実にするものも多かったという。

ちなみに、関西地方を中心に現在も行われている「恵方巻き」の風習は、恵方の方角にいる歳徳神《としとくじん》という方位神に無病息災を願うもの。また、大阪府堺市には、「方違神社」があり、方違え、方災除けの神として今も信仰を集めている。

平安時代の人々が信じた単なる迷信といえばそれまでだが、同じような由来を持つ風習は、現在まで人々の間で受け継がれているのである。

方位神として最も恐れられた金神。（柄沢照覚『安倍晴明簠簋内《ほきない》傳圖解《でんずかい》』より「金神」）

本当は怖い百人一首
其之十

生霊に苦しむ貴族

藤原朝成の怨念が藤原伊尹に襲いかかった

❖ 鵺でも怨霊でもなく生きている人間の霊が怖い

生霊とは、文字通り「生きた人」の霊のこと。平安時代の社会では、病気や厄災をはじめとしたあらゆる災いや不幸は、物の怪や怨霊などの仕業と考えられていた。そして、リアルタイムの人間関係がそのまま災いに転化する生霊の存在も信じられ、恐れられていたのである。

書物に登場する生霊で特に有名なのは、『源氏物語』に登場する六条御息所の生霊。この生霊が、臨月の葵の上にとり憑いて苦しめたエピソードはご存じの方も多いだろう。

また、平安時代の末期に成立した説話集『今昔物語集』には、都の辻に立っていた女が実は夫に離縁された近江国の女の生霊で、京に住む元夫を死に至らしめるというエピソードが記載されている。

平安時代には、実際に生霊の仕業と思われる事件も起きている。中納言の藤原朝成は、摂政の藤原伊尹《これただ》と仲違いして出世を棒に振ったことを恨み、生霊となって伊尹を殺したというのである。これ以降、朝成の邸宅は「鬼殿」と呼ばれ、伊尹の子孫たちは決してこの場所に近づかなかったという。

ただし、このエピソードは史実と矛盾をきたす部分もあるため、現在では当時の「都市伝説」の一種ではないかとも考えられている。

多くの妖怪画を描いたことで知られる江戸時代の浮世絵師、鳥山石燕が描いた生霊。（鳥山石燕『画図百鬼夜行』より「生霊」）

本当は怖い
百人一首

其之十一

雛人形は呪術

紫式部も清少納言も貴族の女性には一般的だった

❖人形は「厄」を移され川に流されていた

平安時代、貴族の子供たちの間では雛《ひいな》といわれる人形を使ったままごと遊びが盛んに行われていた。この「ひいな遊び」は、『源氏物語』や『枕草子』にも登場する。つまり紫式部や清少納言のような平安貴族の娘にとっては一般的な光景だったのだ。

また、当時は紙で作った人形をなでて厄を移し、供物を備えて水に流す「流し雛」という風習もあり、やがて「上巳の節句」として雛人形は災厄よけの守り雛として祀られるようになった。つまり、雛人形にはただ単に女児の成長を祝うだけでなく、「一生の災厄を身代わりさせる」という呪術的な側面もあったのだ。

呪術であるからには、当然守らなけ

ればならない掟もある。たとえば、忙しいからと前日になって雛人形を飾るのは「一夜飾り」といって、神様に対する失礼とされる。

もっとも怖いのは、雛人形を娘に、孫に、と代々伝えてしまう場合。これは災厄の身代わりになった人形の「厄」が溜まってしまうことを意味するので、絶対にやってはいけない。もし小さな姿では抑えきらないほど溜まってしまったら…。

昔から人のために我が身を差し出してきた雛人形。手放すときは手厚く供養したほうがよさそうである。

現在のような「内裏雛」と呼ばれる座り雛は、江戸時代に普及した。（香蝶楼国貞『豊歳五節句遊』より「桃の節句」国立国会図書館所蔵）

本当は怖い
百人一首

其之十二

男に絡まる長い髪…の臭い

平安貴族には洗髪休暇があった!?

❖見目麗しいお姿も近づけば鼻の曲がる臭い!

平安貴族の女性のイメージといえば、誰もが長い黒髪を思い浮かべる。第80番歌の待賢門院《たいけんもんいんの》堀河《ほりかわ》は、長い黒髪が寝乱れた朝の情景を艶っぽく詠んでいるが、実際、記録によると村上天皇の中宮だった芳子という女性の髪は、5メートルもあったというから、さぞ朝の髪結いは大変だっただろう。しかし、これだけ髪が長いと、髪の手入れにも手間がかかり、臭いも気になるはずだ。当時の女性はどのように手入れしていたのだろうか?

当然ながら石鹸やシャンプーなどはない時代、女性たちは米のとぎ汁などを使って洗髪していたらしい。また天武天皇の時代に発令された大宝令には、上流階級の女性には髪を洗うための休暇が「半月に3日」あると書かれている。長い髪を洗った後は乾かすのにも時間がかかったので、わざわざ休暇をとる必要があったのだろう。

　とはいえ、時代が下ると貴族階級の女性の洗髪の頻度は下がり、一説には年に1回だったともいわれている。もちろん、髪の臭いはそれなりに気になったはず。そんな時、平安貴族の女性はお香を入れることができる枕を用いて髪に香りを移し、臭い消しの代わりにしていた。平安貴族がお香を好んだ背景には、このような〝臭い〟事情も影響していたようだ。

長い髪と十二単のイメージがある小野小町だが、小町が生きた平安初期の貴族女性は、天女のような結い上げた髪をしていたとも言われている。（歌川豊国『古今名婦伝　小野小町』国立国会図書館所蔵）

本当は怖い
百人一首

其之十三

結婚を許されない女の情念

許されないからこそ激しい恋を歌った式子内親王

❖平安時代、内親王の恋は禁じられていた?

天皇家が力を失い、源平ら武家政権に移行しつつあった激動の時代に「天皇の娘」として生きた式子内親王は、薄幸の歌人という印象が強い。

理由のひとつは、式子内親王が生涯結婚を自由にできない身分であったことが挙げられる。平安時代、天皇の「尊さ」が失われるのを避けるため、子供たちは恋愛や結婚が制限されるようになっていた。ある研究によると、平安末期の内親王たちの結婚率は、わずか5%にも満たなかったという。

さらには、式子内親王は11歳から21歳になるまで、皇族の未婚女性の中から選ばれる「賀茂斎院」として宗教的奉仕を行なっていたが、一度斎院となった女性は、退下の後も生涯を独身で通すことが多かったという。

そのような生涯を送った式子内親王なのだが、彼女は生涯において数多くの恋の歌を残している。それは恋を禁じられた者であるがゆえの憧憬だったのか、あるいは…。

その詳細はP152の項に譲るが、後宮制度も充実し、多産だった当時の天皇家では、彼女のような運命を担った女性が数多く存在したのは間違いない。もしかしたら式子内親王は、結婚を許されなかった多くの内親王に代わって、燃えるような恋心を歌に託したのかもしれない。

恋に憧れる女だったのか、それとも恋に情熱を燃やす女だったのか、式子内親王の実像はいまだ謎に包まれている。

北面の武士を侍らす貴族

西行法師は宮廷のモテモテ集団に所属していた

❖“やんごとなき方”を想い失恋で出家した西行法師

西行法師は俗名を佐藤義清といい、若き日には後鳥羽上皇の北面の武士として仕えていた。この北面の武士とは、院の身辺警護をするために集められた人々のことで、白河法皇による設立当初は、法皇の「男性の愛人」もその中に含まれていたという。また、北面の武士たちは、武士階級でありながら官位を与えられ、御所への昇殿も許されていたことから貴族階級の一員とみなされるなどステイタスの高い身分だった。ちなみに、北面の武士に選ばれるためには腕っ節だけでなく外見も重視されており、若き日の西行も、かなりの美形だったらしい。

西行の出家原因については、諸説あるが、なかでも、とある高貴な女性との失恋がきっかけになった、との説が興味深い。というのも出家後の西行は恋の歌も多く歌っており、百人一首の第86番「なげけとて 月やは物を 思はする かこち顔なる わが涙かな」も、その悲恋を歌ったものとの説があるからだ。

その女性は、西行がかつて仕えた鳥羽天皇の中宮・藤原璋子《たまこ》と言われている。もしこの説が本当なら、天皇の正室に恋をしてもその想いが叶えられるはずもなく、未練を断ち切るために出家した西行の心中はよほどの激情に苛まれてのことだったのだろう。

生涯で2090もの歌を詠んだと言われる西行。当時のイケメンにふさわしく、そのうち約300首は恋の歌であった。

五節の舞の由来は天女
人前で舞うなど「はしたない」行為だった!?

❖少女たちの「恥じらい」が男性貴族を興奮させた?

「五節の舞」とは、大嘗祭《おおにえのまつり》や新嘗祭《にいなめのまつり》で行われた歌舞で、大歌を伴奏に「五節の舞姫」と呼ばれる少女たちが召されて貴族たちの前で舞を披露するものだった。その起源は、天武天皇の時代に吉野に天女が現れて舞ったとの伝説に依拠しており、極めて古い歴史を持つ。

また、『源氏物語』には、光源氏が惟光の娘を五節の舞姫として献上する場面も描かれており、当時から注目を集めていたことがわかる。

五節の舞姫は、公卿や国司の子女のなかから、新嘗祭では4人、大嘗祭では5人の未婚の少女が選ばれ奉仕することになっていた。しかし、貴族女性が姿や顔を見せることをよしとしない慣習が生まれた平安中期以降は、公卿などは実際に娘を奉仕させず、配下の中下級貴族の娘を出していた。『源氏物語』に描かれているのも、そのような時代の五節の舞である。

平安末期になると、いよいよ貴族の子女が人前で踊るなど「はしたない」行為とされていたのだが、舞姫として献上された女性はその後女房になり、膨大な禄を得たり、終身の舞師になるなど立身の可能性もあった。そのため、中下級の貴族たちの中には進んで娘を「五節の舞姫」として献上し、男性貴族たちの好奇の目にさらす者もいたようだ。

現在でも天皇の即位の儀である「大礼」の際などに五節の舞が披露される。写真は現在の五節舞姫の衣装。

本当は怖い
百人一首

其之十六

性交禁忌の日

5月16日にセックスすると3年以内に死ぬ？

❖平安貴族も恐れた謎のしきたり

平安時代に書かれた日本最古の医学書『医心方《いしんぼう》』には「房内篇《ぼうないへん》」という項目があり、そこでは男女の夜の営みのことが事細かに解説されている。この『医心方』を元にして江戸時代に書かれた艶本『艶話枕筥《つやばなしまくらはこ》』にはなんと、「5月16日にセックスすると3年以内に死ぬ」と書かれている。

この説の明確な根拠は不明だが、どうやら中国の道教や陰陽思想に由来するらしい。

たとえば、道教から伝わる庚申信仰では、庚申の日に「人に宿る三尺の虫」が人の寿命を司る天帝のもとへいき、宿主である人の悪行を告げると考えられていた。しかし、三尺の虫は人が眠っている間でなければ動けないため、事後に眠くなる性交が禁忌されたとの説がある。しかし、庚申の日は60日に1回あるため、なぜ5月16日になったのかは謎である。

また、陰陽思想では5月16日は往亡日とされ、この日に戦で軍を進めると滅ぶとされ、移転や婚礼、セックスなども同様に禁忌とされていたらしいが、この往亡日も1年間に12日間ある。

いずれにせよ、和製ドン・ファンの在原業平や、奔放な男性遍歴で「浮かれ女」と評された、さしもの和泉式部も、この日だけは情事を我慢していたかもしれない。

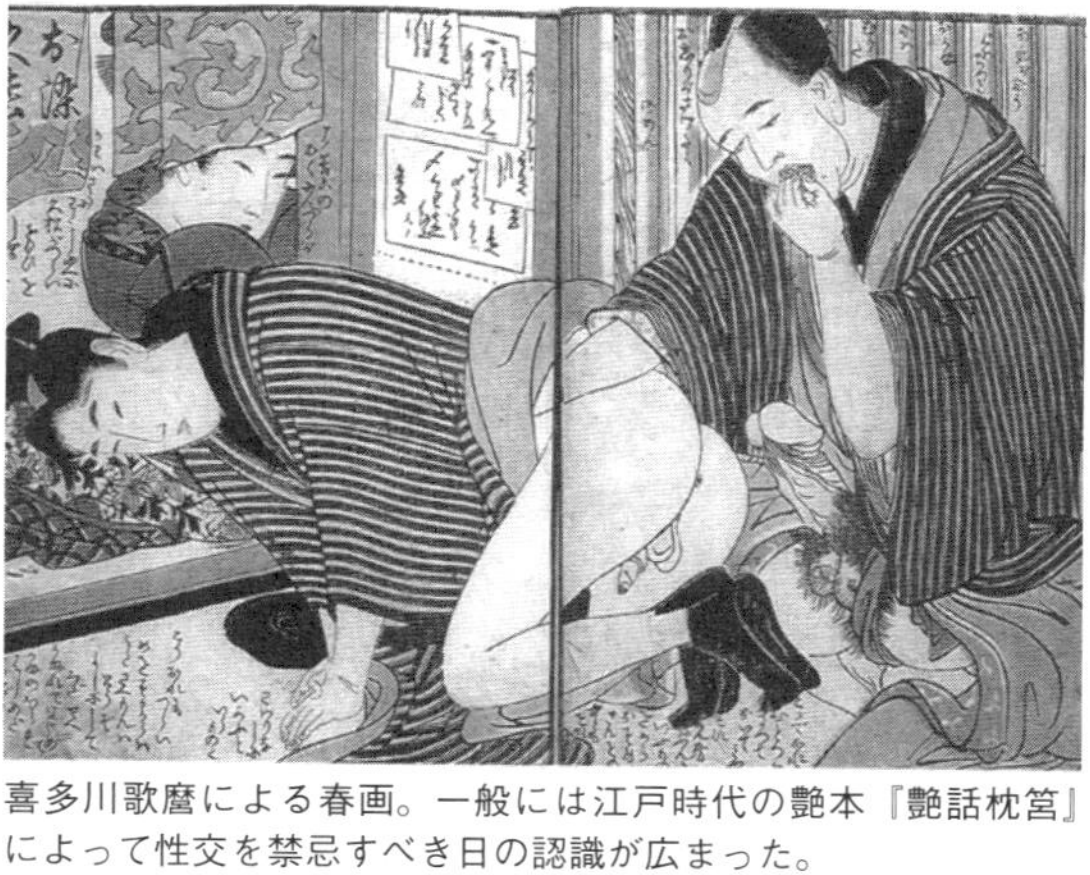

喜多川歌麿による春画。一般には江戸時代の艶本『艶話枕筥』によって性交を禁忌すべき日の認識が広まった。

本当は怖い百人一首

其之十七

艶かしい夜伽の風習

遺伝病を避けるための正しい選択だった!?

❖見知らぬ旅人に娘を差し出していた

平安時代には、旅先などで宿泊すると、その家の使用人の女などが夜の相手をする「夜伽」という風習があった。在原業平がモデルとされる『伊勢物語』には、旅先で夜伽に現れた女がかつての妻で驚く、という話があり、また百人一首35番の紀貫之の歌（P28参照）も、もしかしたら夜伽で情が移った宿屋の女に向けた歌かもしれない。この風習、日本では平安時代以降もよく行われていたようだ。

夜伽には重要な意味があり、山奥の集落などでは、人の行き来が少なく近親間での結婚が多かったため、子孫が遺伝的な病気にかからないよう、旅人が来ると娘などに夜の相手をさせていたという。それで子どもができれば、うら若き乙女が未婚の母に、ということもあっただろうが、村人から差別されることはなかったようだ。ただ、夜伽専門の女性というのも集落に用意されていることはあったらしい。

今よりも人の往来が格段に少なかった当時の山間集落にとって、夜伽は遺伝子を守るために必要な習慣だったのかもしれないが、逆に平安貴族たちは自らの貴い血を守ろうと親戚同士の結婚を繰り返している。

人里はなれた片田舎と、都会との風習の違いを思えば、ちょっとした皮肉を感じざるを得ない。

『伊勢物語』の「昔男」のモデルとされてきた在原業平。都に限らず、旅先でもさまざまな女性と接してきたに違いない。

本当は怖い
百人一首

其之十八

疫神に襲われる恐怖

平安京は鬼神を寄せ付けないための祭りだらけ!?

❖近郊から内裏内まで張り巡らされた防衛線

平安京は中国の都城と異なり、周囲に城壁を築かない無防備な都市だった。しかし、一切の防衛手段を放棄していたわけではない。平安時代には、天皇がこの世を統治していると考えられていたのだが、その天皇の神聖性を守るため、平安京には幾つもの見えない霊的な防衛線が張られていたのである。この防衛線によって、災いをもたらす鬼神から守ろうとしたのだ。

鬼神の中でも、当時の人々にもっとも恐れられていたのが、疫病の神であった。伝説の酒天童子や土蜘蛛も、疫病が姿形を得て具現化したものという説があるほどである。そのため、まず、京の近郊に位置する畿《き》内諸国では「畿内堺十処疫神祭《ないさかいじゅっしょえきじんさい》」が行われ、鬼神から都を守っていた。

この段階で鬼神を撃退することが望ましく、陰陽道でいうところの鬼門、東北の方角に延暦寺を建立して鎮守の要としていた。

また、京の四隅では「道饗祭《みちあえのまつり》」が行われ、京の内側に見えない防衛線を張っていた。それでも入ってくる鬼神に対する最後の防衛線として、天皇が居住する大内裏の四隅では「宮城《きゅうじょう》四《よ》隅疫《すみのえき》神祭《じんのまつり》」が行われ、天皇とその居所を災いから守っていた。平安京は無防備に見えて、実は十重二十重の防衛構想をもった都市だったのである。

平安京創生館に展示されている平安京復元模型。あの安倍晴明も、平安京に結界を張り巡らせたと言われている。

本当は怖い
百人一首

其之十九

清水の舞台で綱渡り
恐怖を知らぬリフティングで魅了した藤原成通

❖百人一首31番の坂上是則も蹴鞠の名手だった

平安時代、貴族の間で蹴鞠が大流行した。蹴鞠は8人までの人数で円陣を作り、鹿皮製の鞠を地に落とさずに足でパスしあう遊びだが、当時、「蹴聖」とまでいわれた蹴鞠の達人がいた。その名は藤原成通《なりみち》。

成通は、7000日にわたって蹴鞠の練習を続けたともいわれており、その熱心さゆえに彼のもとには「鞠の精」が現れたという。

また、父に従って清水寺に参籠した際には、あの清水の舞台の高欄の上を、鞠を蹴りながら一往復したとの伝説が残されている。

ちなみに、西行法師は蹴鞠の達人としても有名だが、藤原成通は西行が宮廷に使えていた時の上司で、2人の交友は生涯にわたって続いたといわれている。

そして、百人一首と蹴鞠の関係で忘れてはいけないのが、三十六歌仙のひとりとして知られる坂上是則である。

彼は、歌のほかにも蹴鞠にことのほか秀でていたらしく、延喜5年（905年）に宮中の仁寿殿において醍醐天皇の御前で蹴鞠が行われた際には、206回まで続けて蹴って一度も落とさなかったという。

そのため、天皇は是則の優れた技術をことのほか賞賛し、絹を与えたとの逸話が残されている。

平安貴族の嗜みでもあった蹴鞠は、江戸時代にも貴族の間で楽しまれていた。（歌川芳盛『東海道之内京 大内蹴鞠之遊覧』国立国会図書館所蔵）

本当は怖い
百人一首

第三章

本当は怖い「宮廷恋愛事情」

本当は怖い百人一首

其之壱

天智天皇

古代の英傑天皇が弟の妻を略奪！

❖額田王を奪って結婚 憎しみの連鎖を生む

「秋の田の かりほの庵《いほ》の 苫《とま》をあらみ 我が衣手は 露にぬれつつ」

日本の普遍的な情景を鮮やかに切り取った百人一首の第一首目。この歌を詠んだ天智天皇はかなり波乱万丈な人生を送っている。

まだ中大兄皇子と呼ばれていた時代。

天智は中臣鎌足と共謀して乙巳の変という政変を起こし、蘇我入鹿を誅殺して政治の実権を握った。後世に大化の改新と呼ばれる様々な改革を断行していったが、母・皇極《こうぎょく》天皇とは仲が険悪で、難波宮（現在の大阪）に遷都したばかりであるのにかつての都・飛鳥（現在の奈良県）に戻りたがる皇子を皇極は煙たがった。

この頃、伯父・孝徳天皇の后であり

天智天皇の人物相関図

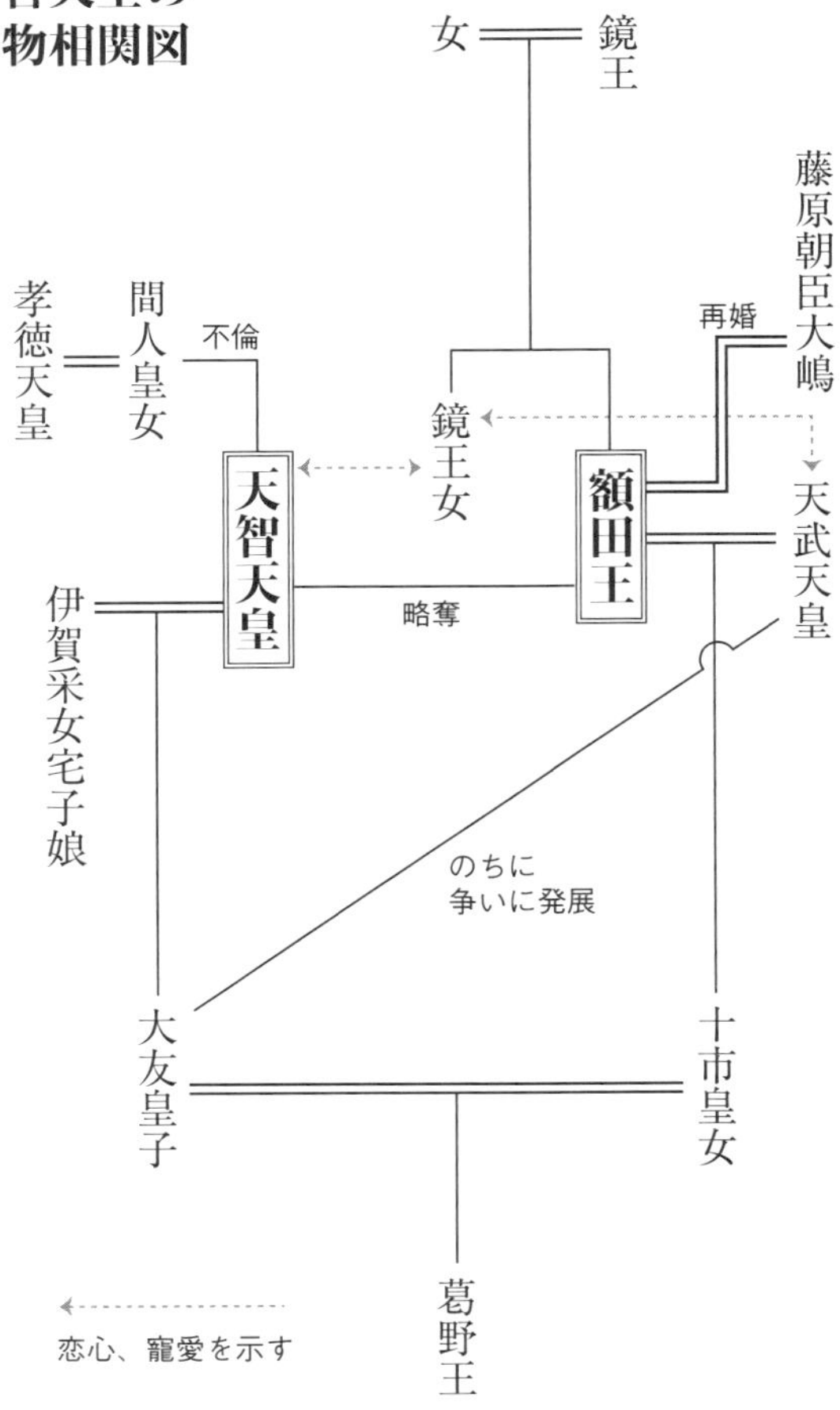
女
鏡王
藤原朝臣大嶋
再婚
孝徳天皇
間人皇女
不倫
鏡王女
天智天皇
額田王
天武天皇
伊賀采女宅子娘
略奪
のちに
争いに発展
大友皇子
十市皇女
葛野王
恋心、寵愛を示す

実の妹でもある間人皇女を寵愛したとも言われる。近親相姦というスキャンダラスな行為のみならず、皇子は当代きってのプレイボーイとして有力豪族の娘から身分の低い女性まで手を出して、遊びの限りをつくすかなりの色好みでもあった。そんな振る舞いを皇極天皇は忌み嫌っていたのかもしれない。

中大兄皇子の魔の手は、実弟である大海人皇子（のちの天武天皇）の妻で、並ぶもののない美人と謳われた額田王にまで伸びた。そのころ、中大兄皇子は額田王の姉・鏡王女を妻としていたのに、である。

額田王を奪い取った天智天皇はのちの争いの火種を作った。（左：吉祥天像『上代日本と女性』国立国会図書館所蔵）

実妹との近親相姦という禁忌もあって即位を遅らせていた中大兄皇子は、数多くの后と子どもをたくさんもうけたのに、どれも皇女ばかりだったため、自分が天皇となったのちは大海人皇子を皇太弟にし、次代の天皇にする約束をしていた。

ところがある后との間に大友皇子が誕生したことにより状況は一変。中大兄皇子が668年に即位すると、サディスティックな一面を肌で感じている大海人皇子は皇太弟を辞退し、大友皇子が皇太子となった。辞退といっても、実態は中大兄皇子が我が子可愛さに無理やり皇太子にしたようなものである。

その後、672年に天智天皇（中大兄皇子）が崩御すると大友皇子は弘文天皇として即位。これを契機に、出家していた大海人皇子は、天智天皇への意趣返しとばかりに即座に壬申の乱を起こした。このクーデターは大海人皇子が勝利し、天武天皇として即位する。これにより天皇の家系は天智系から天武系へと移行することになる。

天智天皇は、自らの女性好きが発端で弟と息子を戦わせ、額田王ら愛する人たちを巻き込む不幸な結末を迎えたのである。

元良親王

第一親王なのに即位できない怒りで女狂いに

❖天皇の妻に手を出し命知らずの意趣返し

第20首目に選ばれた元良親王《もとよししんのう》は陽成天皇の第一皇子として誕生し、時代が時代なら皇位継承の第一位であった。

ところが、父・陽成天皇は奇行が多く「乱行帝《らんぎょうてい》」と呼ばれ、諸行事を勝手に中止させたり怪しげな連中と付き合ったり、人を木に登らせて墜落死させたりと、恐れを知らぬ見事な暴君ぶりであった。そんな暴君三昧の生活も長く続くわけがなく、883年の11月に宮中で陽成天皇の乳母の子が殴殺されたという事件の殺人疑惑にかけられ、太政大臣・藤原基経によって、翌年2月に退位させられている。

つまり、元良親王は誕生前に父親が廃位されたことにより即位できないことが決まっていた、悲しき第一皇子で

元良親王の人物相関図

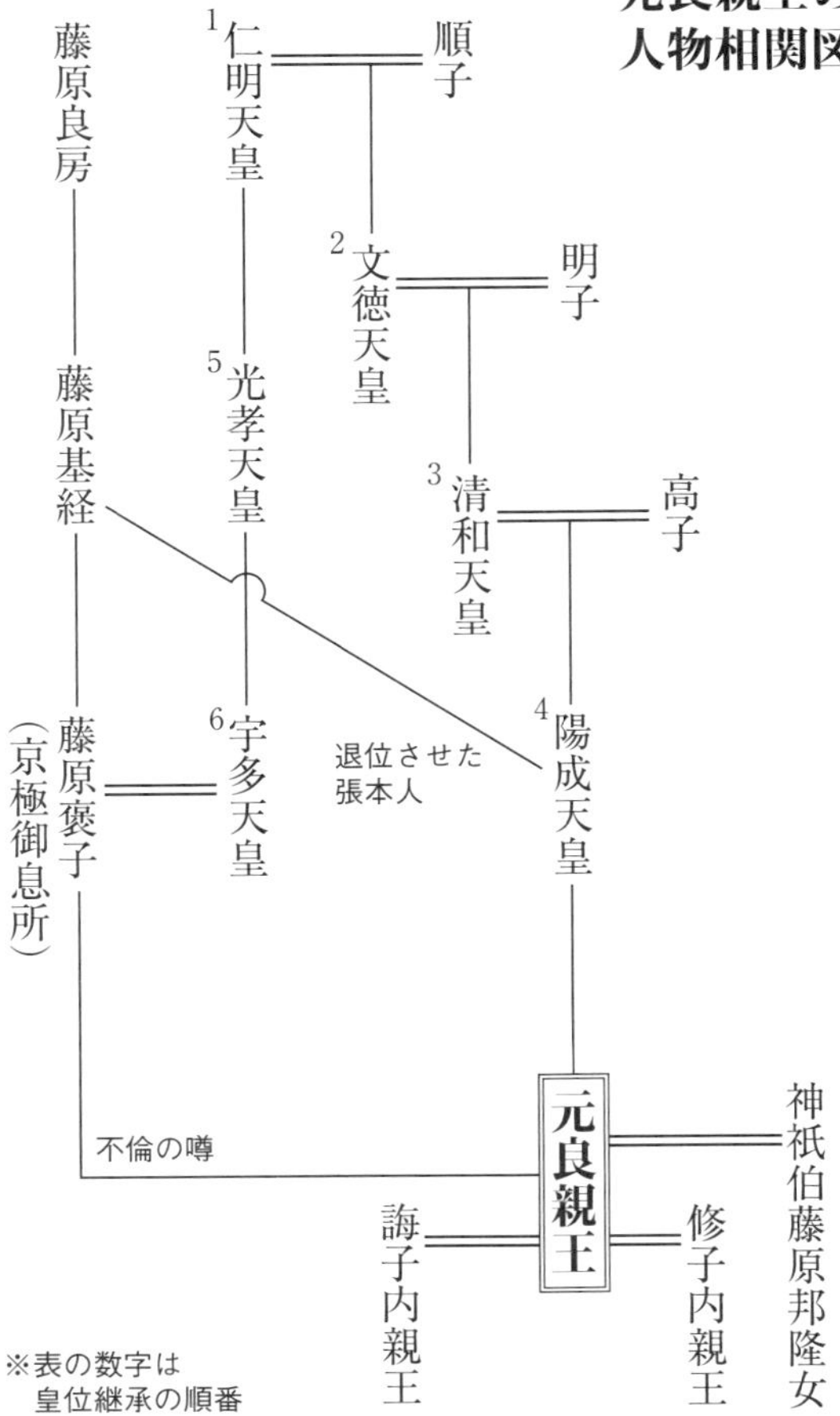

※表の数字は
皇位継承の順番

あった。

この環境がどう影響を与えたのか、元良親王は「一夜めぐりの君（一夜かぎりの貴公子）」と呼ばれるほど色好みの風流人として知られるようになり、好色多情なプレイボーイとして成長していく。

妻には藤原邦隆女・修子内親王《しゅうしないしんのう》（醍醐天皇皇女）・誨子内親王《かいしないしんおう》（宇多天皇皇女）らやんごとなき身分の女性たちがおり、子宝にも恵まれ多くの息子、娘に囲まれていた。それでも毎晩、いかに多くの女性と遊んでいたかが、歌集『元良親王集《もとよししんのうしゅう》』に収録された160

『源氏物語』の主人公・光源氏のモデルの一人。このように女性を口説いていた!?（『源氏物語絵巻』国立国会図書館所蔵）

超の恋を歌った贈答歌からも窺い知れよう。

元良親王の恋愛で最も有名なのは、左大臣・藤原時平の娘、褒子《ほうし》（京極御息所）とのことだろう。宇多天皇の内待として三人の皇子を産んだ京極御息所。平安時代の恋愛は比較的自由であったが、それでも天皇の寵姫との恋は許されざるものだった。御息所との不倫関係が世間に知れ渡った際に元良親王が詠んだ歌が百人一首に収録されている（P174参照）。

この歌も元良親王のさまざまな恋にまつわる逸話として、平安時代の人々の間で評判となったらしく、『源氏物語』の作者・紫式部も「澪標《みおつくし》の巻」や「藤袴《ふじばかま》の巻」で引用している。この時代には光源氏のモデルになった人物が多くいるが、元良親王もそのひとりだといわれている。

とはいえ、不倫という禁忌を犯したからには何か考えがあったはず。彼が道ならぬ不倫にその身を染めたのは、自分の父・陽成天皇を廃位に追い込んだ藤原基経一派、ならびに自分が即位していたはずの天皇の座に臆面もなく居座った宇多天皇に対する仇討の意味合いが強かったのかもしれない。

本当は怖い
百人一首

其之参

在原業平

3000人斬り達成の平安が誇るプレイボーイ

❖禁断の愛に身を染め天皇の妃と駆け落ち!?

「ちはやぶる 神代もきかず 龍田川 からくれなゐに 水くくるとは」

龍田川の一面を覆う色鮮やかな紅葉の情景を、神代とからめて重厚かつ鮮麗に歌いあげた百人一首の第17番。この歌を詠んだのが、かのプレイボーイ在原業平である。

平城天皇の孫で、平安京をつくった桓武天皇の曾孫という高貴な血筋である業平は、六歌仙にも名を連ねる和歌の実力者でもある。とはいえ、本来なら皇位継承の嫡流に位置していたが、父と祖父の時代に起きた「薬子の変」により皇位継承の系譜から外され、臣籍降下を余儀なくされて在原姓を名乗ることになってしまった不遇の運命を背負っている。

在原業平の人物相関図

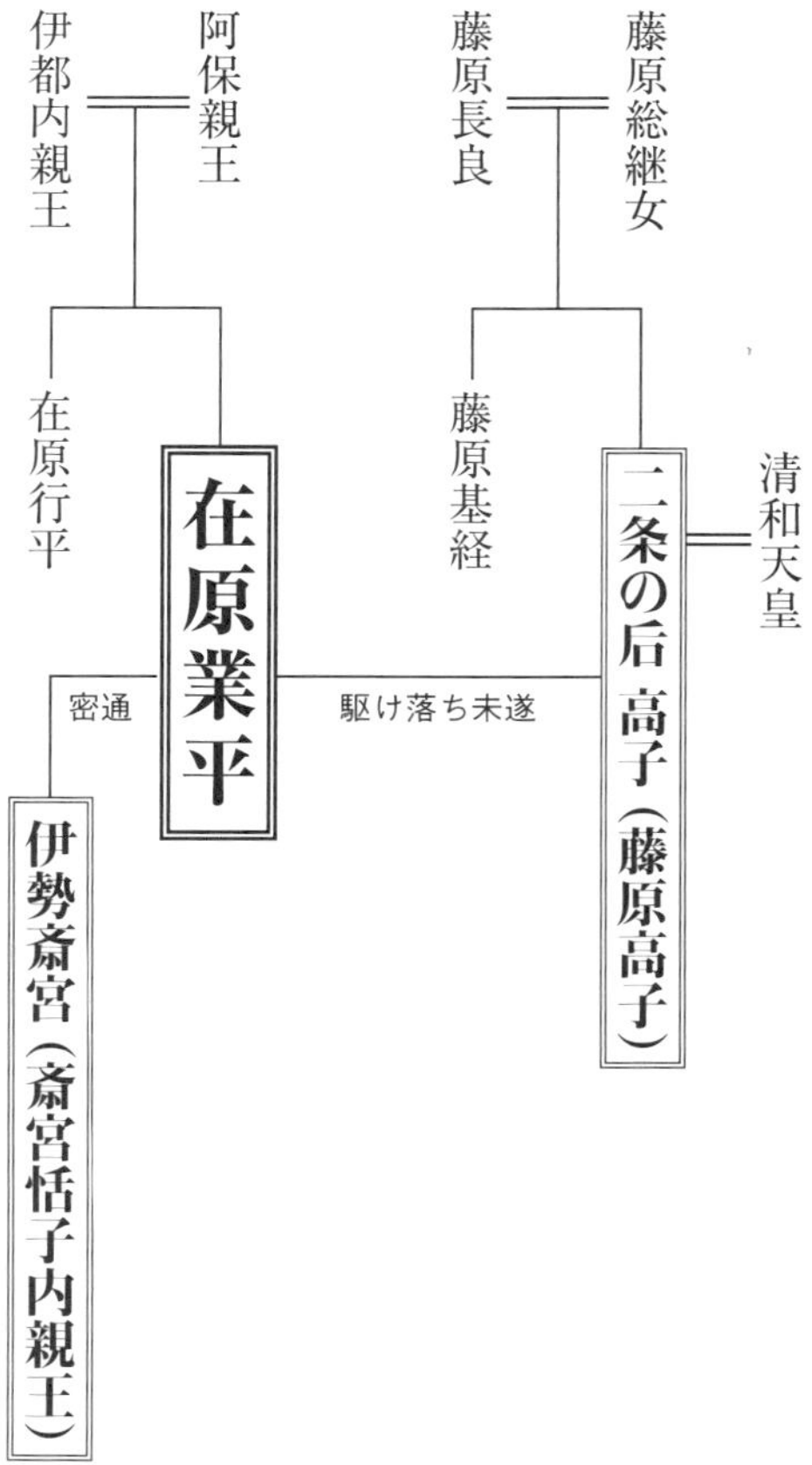
伊都内親王
阿保親王
藤原長良
藤原総継女
在原行平
在原業平
藤原基経
二条の后 高子（藤原高子）
清和天皇
密通
駆け落ち未遂
伊勢斎宮（斎宮恬子内親王）

そんな業平は当代きっての美男子で、「色好みの典型」と言われ、男性の理想的なあり方だとされていた（当時の色好みという言葉は、下半身のしまりがないという否定的な意味ではなく、男女の機微を理解する風流な人という意味）。

『伊勢物語』の注釈書、『和歌知顕集《わかちけんしゅう》』によれば、この平安のプレイボーイが枕を共にした女性の数はなんと373人だというのだから驚きだ。

その中にはもちろん、普通の相手だけではなく、禁断の恋の相手もいた。有名なのは藤原高子。後に清和天皇

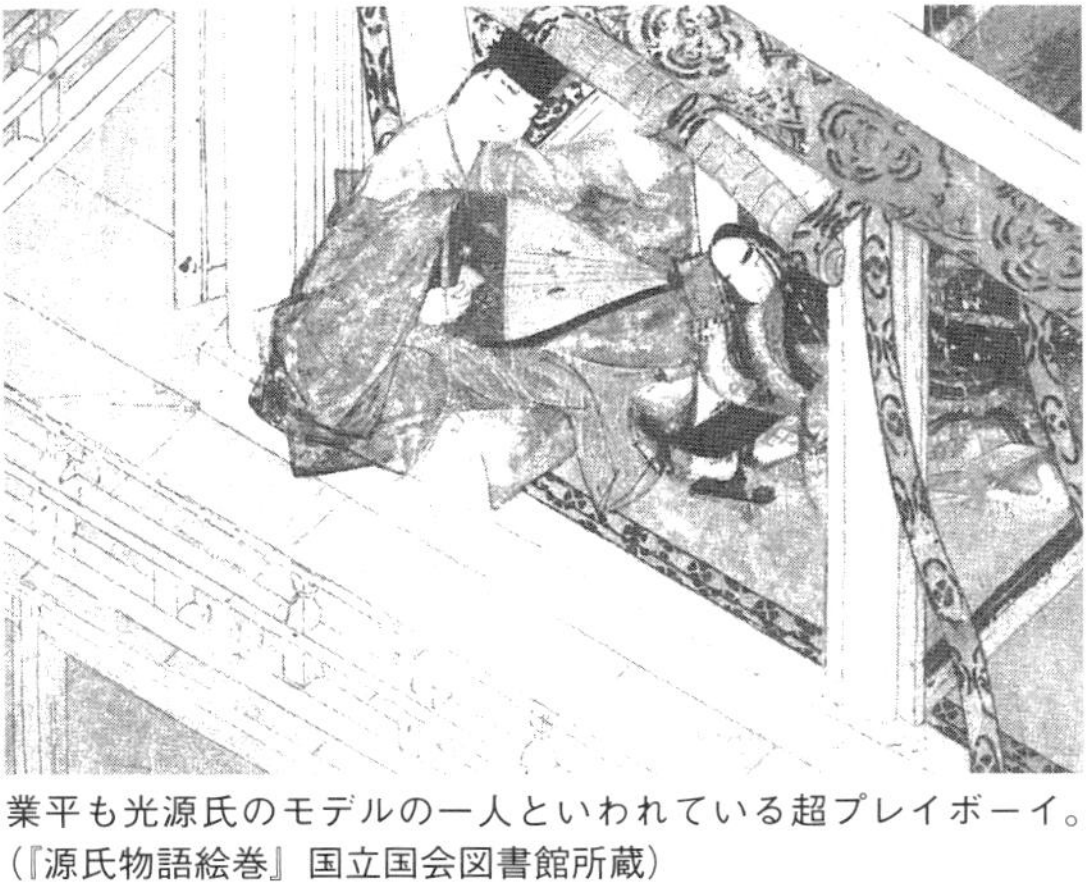

業平も光源氏のモデルの一人といわれている超プレイボーイ。
（『源氏物語絵巻』国立国会図書館所蔵）

の皇后になる女性で、権力者である藤原氏一族が天皇へ嫁がせるべく大切に育てた深窓の令嬢である。業平は高子が天皇に嫁ぐ前からひそかに通っていたのだが、それが藤原家にバレ、遠ざけられる結果に。しかし、諦めがつかない業平は高子を担いで家を出るという強硬手段に打って出たのだった。結果は見事に失敗して、高子は当初の予定通り天皇の女御になっている。

このとき業平は30代後半で高子は10代だったと推測される。これは単に身分違いの男女の恋愛というだけでなく、不遇の皇族となった業平が自分の恨みから藤原一門を混乱させてやろうといった魂胆があったのだという説もある。

さらに、高子が天皇に嫁いだあとも隠れて愛を重ねていたとされ、高子が生んだ陽成天皇は実は業平の子どもではないか、という噂話も残されている。

また『伊勢物語』には伊勢神宮の斎宮恬子《てんし》内親王《ないしんのう》との恋が書かれている。斎宮とは、伊勢神宮に仕える神聖な女性で、天皇の娘である皇女の中から占いで選ばれる、清楚かつ処女でなくてはならない人を指す。そんな、平安の人が犯してはならない禁断の恋にも「今晩逢いましょう」と積極的だった。

其之四

伊勢

宇多天皇とその息子、2代にわたる寵愛を受ける

❖皇子を亡くした悲しみを親王相手に慰める

伊勢は『古今和歌集』を代表する女流歌人である。宇多天皇の中宮・温子《おんし》に女房として仕え、その2~3年後には温子の弟、藤原仲平が伊勢に激しく求婚し恋仲になるが、仲平から捨てられた伊勢は深く傷つき、一度は父のいる大和（現在の奈良県）に帰った。

その次は温子の夫である宇多天皇の寵愛を受けることになる。このとき伊勢は19歳。翌年、皇子を産むが、その皇子は5歳で夭折し、またしても伊勢を悲しみが襲う。その後、伊勢が36歳のときに宇多天皇と温子の娘である均子内親王の夫・敦慶《あつよし》からの求愛を受けている。伊勢は年の差など気にならないほど、敦慶には魅力的な女性だったのだろう。

伊勢の人物相関図

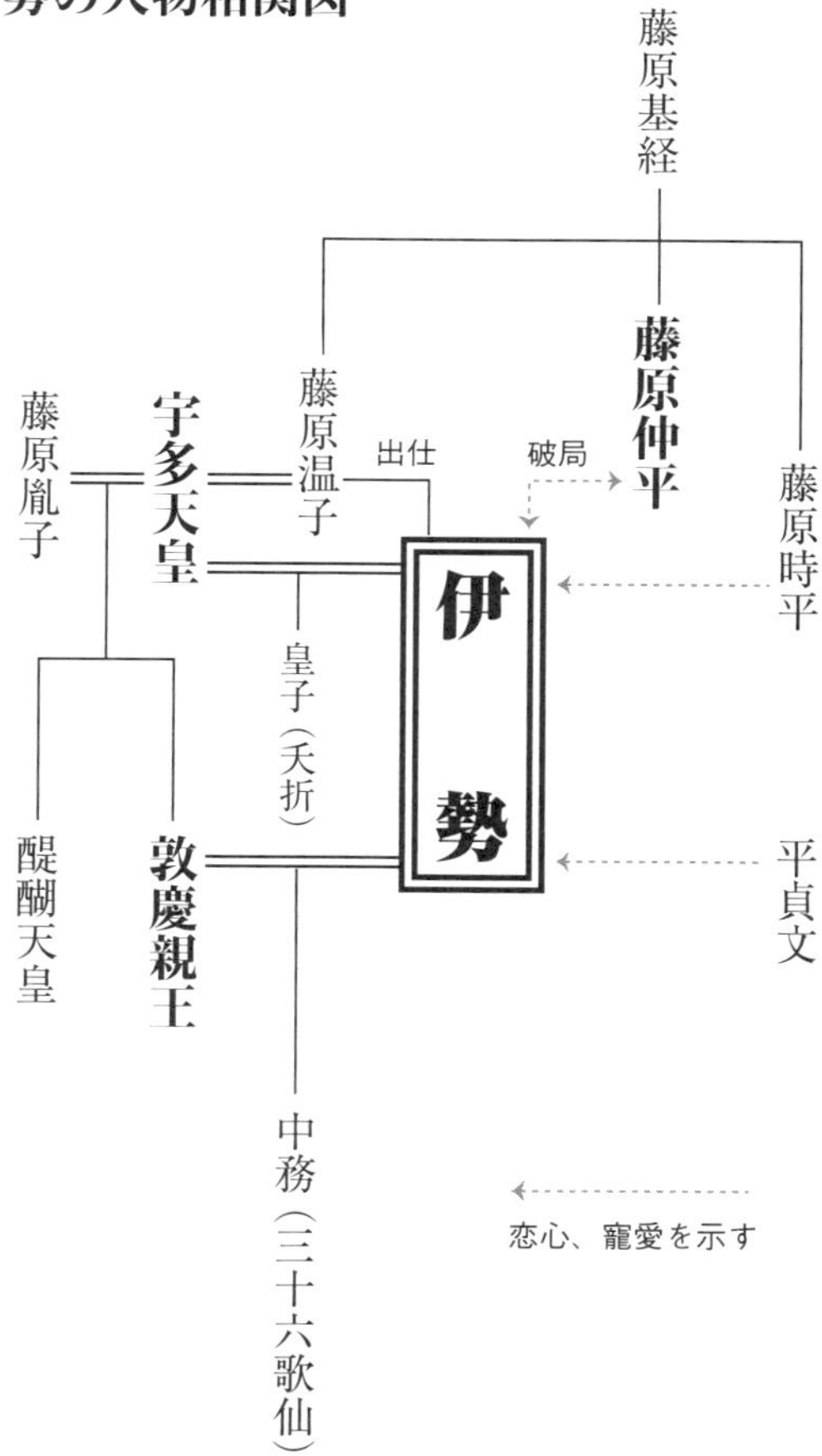
藤原基経
藤原仲平
藤原温子
藤原時平
藤原胤子
宇多天皇
出仕
破局
伊勢
皇子（夭折）
醍醐天皇
敦慶親王
平貞文
中務（三十六歌仙）
恋心、寵愛を示す

本当は怖い
百人一首

其之五

藤原敦忠&右近

敦忠の二股愛に、神罰を願った美女

❖右近の呪いの言霊が貴公子の命を奪う

百人一首の第38首目に選ばれた右近は、右近衛少将藤原季縄《ふじわらのすえただ》の娘であることから、父の役職名をとって右近と呼ばれていた。醍醐天皇の中宮・穏子に仕え、村上天皇期の歌壇で活躍した女流歌人として名高い。

右近の父・季縄は『落窪物語』、『枕草子』、『源氏物語』の中でも語られるほど浮名を流していた遊び人だった。その娘の右近も同様に豪華な宮中サロンの中で華やかな交友関係を持ち、藤原師輔《もろすけ》や藤原師氏《もろうじ》、元良親王、藤原朝《あさ》忠《ただ》、源順《みなもとのしたごう》など実に多くの男性を魅了していた。そしてその中の一人に、藤原敦忠がいた。

43首目に選出された権中納言敦忠こと藤原敦忠《あつただ》。彼は三十六歌仙の一人で

藤原敦忠の人物相関図

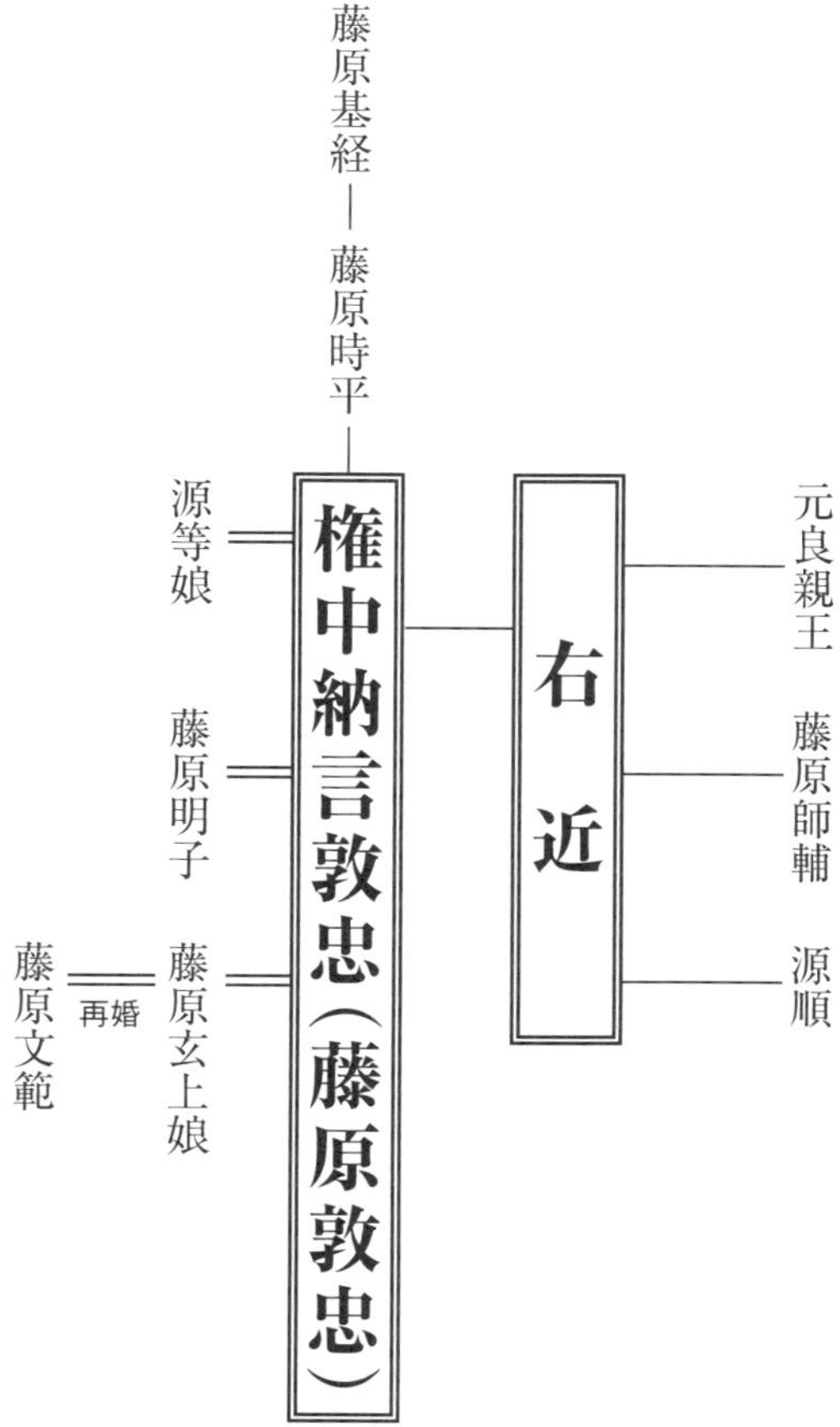
藤原基経
藤原時平
源等娘
藤原明子
藤原玄上娘
藤原文範
再婚
権中納言敦忠(藤原敦忠)
右近
元良親王
藤原師輔
源順

ある藤原時平の三男であり、母が在原業平の子・棟梁《むねやな》の娘ということで、かの有名なプレイボーイの血を受けついで美男であるばかりでなく、和歌や管弦にも秀でていた。

　この、血筋も教養も申し分のない、しかも遊びまくっていた二人が同時代に生きて、何もないわけがない。幾度の逢瀬を重ね、ついに恋に落ちた二人だったが、当時の敦忠は一度飽きてしまえば決して振り返らない男だった。右近は敦忠を待ち焦がれたが、醍醐天皇の后に仕えるただの女房と、かたや今をときめく右大臣の御曹司。身分の

苦しい恋ほど燃える男・敦忠と死んでしまえばいいのにと思う右近。

違いはあきらかであり、右近にはそれが不利だった。

待つ日々が続き、いつしか右近の思いは極端なものに変わっていく。その感情を爆発させた歌が38首目の歌なのだ（P178参照）。言霊をこめて右近が放った歌は、後に敦忠の運命を変えたとしか思えない結末になる。

右近をかえりみず、敦忠がご執心だったのが醍醐天皇の第十皇女で、斎宮《さいぐう》でもある雅子内親王だ。敦忠がこのとき歌ったのが第43首目の歌。

「逢ひみての のちの心に くらぶれば 昔は物を 思はざりけり」

あなたに逢ってからのこの気持に比べれば、これまで物思いをしたことがあるなんて、とても言えないよ――。

そんな意味の情熱的な恋歌を贈った敦忠だったが、二人が結ばれる直前、雅子が斎王《さいおう》となってしまい、二人の仲は引き裂かれることになる。その後も二人の歌の贈答は続いていたが、雅子の母が亡くなったことで斎宮を退下することができた雅子は、しかし敦忠ではなく、新たな求婚者・藤原師輔を選んだ。そして、その4年後に敦忠は急死。その死は「右近の歌の言霊」が神罰を呼び込んだともいわれている。

本当は怖い
百人一首

其之六

藤原伊尹

太政大臣のゾッとする性癖

❖美男子で風流人でも一皮むけば…

「あはれとも　いふべき人は　おもほえで身のいたづらに　成りぬべきかな」

第45番の歌を詠んだ謙徳公こと藤原伊尹《これただ》は、その諡が皮肉に思えるほど豪奢な生活を愛する貴族だった。

大臣・藤原師輔《もろすけ》の長男であり、姉や娘が入内して天皇を産んだおかげで外戚として太政大臣にまで上り詰めた藤原伊尹は、派手に遊びまくっていたようだ。歌の才能もあり、自伝的歌物語『一条摂政御集』をのこしているが、そこには見過ごすことのできない隠れた性癖が記されている。あるとき、別の女性に待ちぼうけを食らった伊尹は野辺という名の10歳前後の少女と出会い、一日中セックスしながら過ごしたというのだ。とんだ変態趣味である。

藤原伊尹の人物相関図

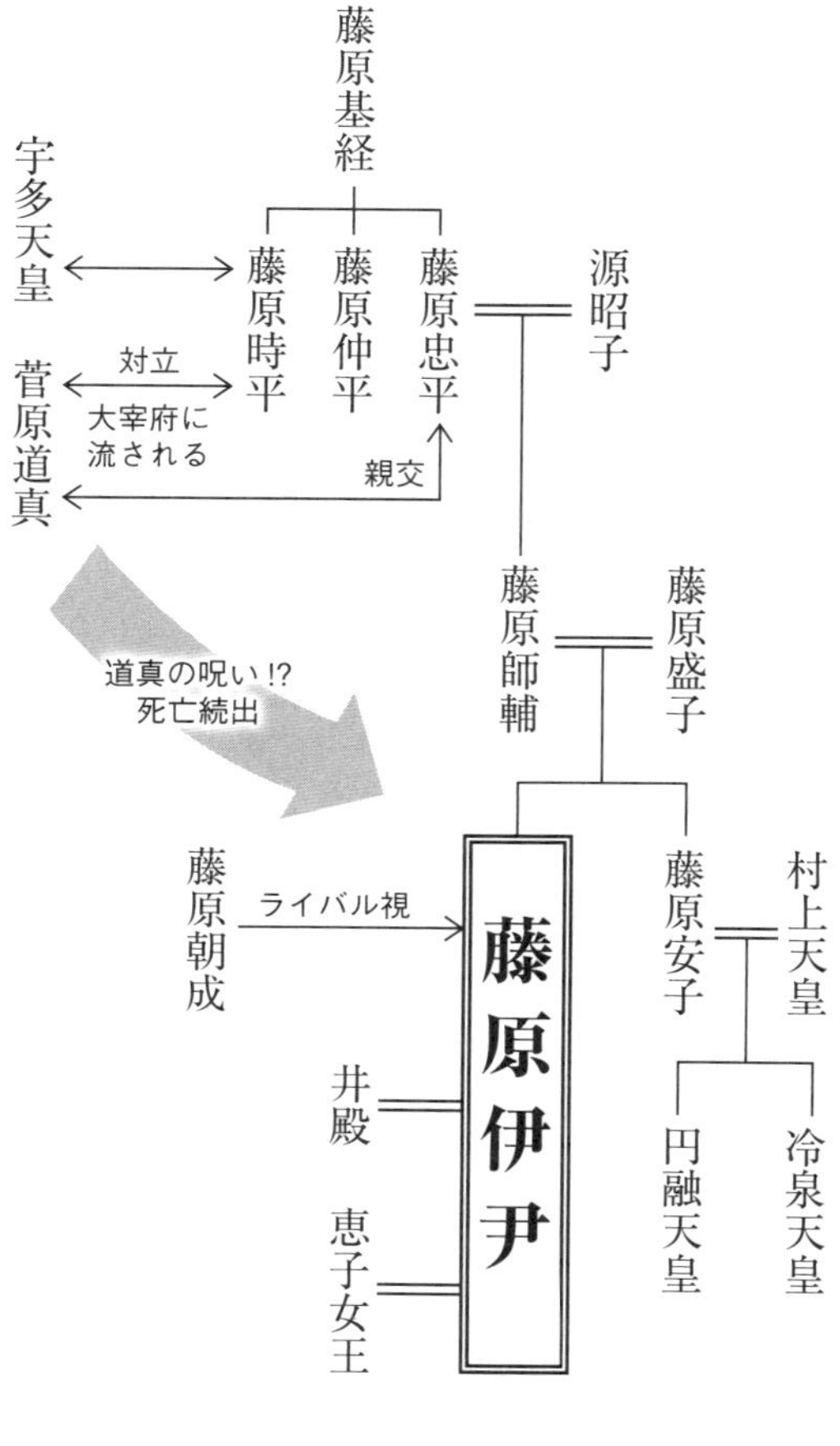
藤原基経
宇多天皇
藤原時平
藤原仲平
藤原忠平
源昭子
対立
菅原道真
大宰府に
流される
親交
道真の呪い!?
死亡続出
藤原師輔
藤原盛子
藤原朝成
ライバル視
藤原伊尹
藤原安子
村上天皇
井殿
恵子女王
円融天皇
冷泉天皇

其之七

和泉式部
情熱の歌で宮廷内の男を喰い散らかす

❖売春婦と呼ばれても開き直って男漁り

越前守・大江雅致《おおえのまさむね》の娘として生まれ、類まれな美貌と天性の歌才にめぐまれた和泉式部。この和泉式部はあの紫式部にも指摘されるほど男グセが悪い女としても有名だった。

彼女が20歳のころ、後に和泉守となる橘道貞と最初の結婚をし、娘の小式部内侍を出産する。しかし夫の道貞が和泉の国（現在の堺）に単身赴任すると、この機会を待ってましたとばかりに10名近くの男性と不倫を楽しむようになった。これだけなら男グセの悪い女として大目に見られた可能性もあるが、当時、熱を上げていた冷泉天皇の第三皇子・為尊親王《ためたかしんのう》との恋がまずかった。世間にこの熱愛が喧伝されると、身分が違いすぎると親から勘当されて

和泉式部の人物相関図

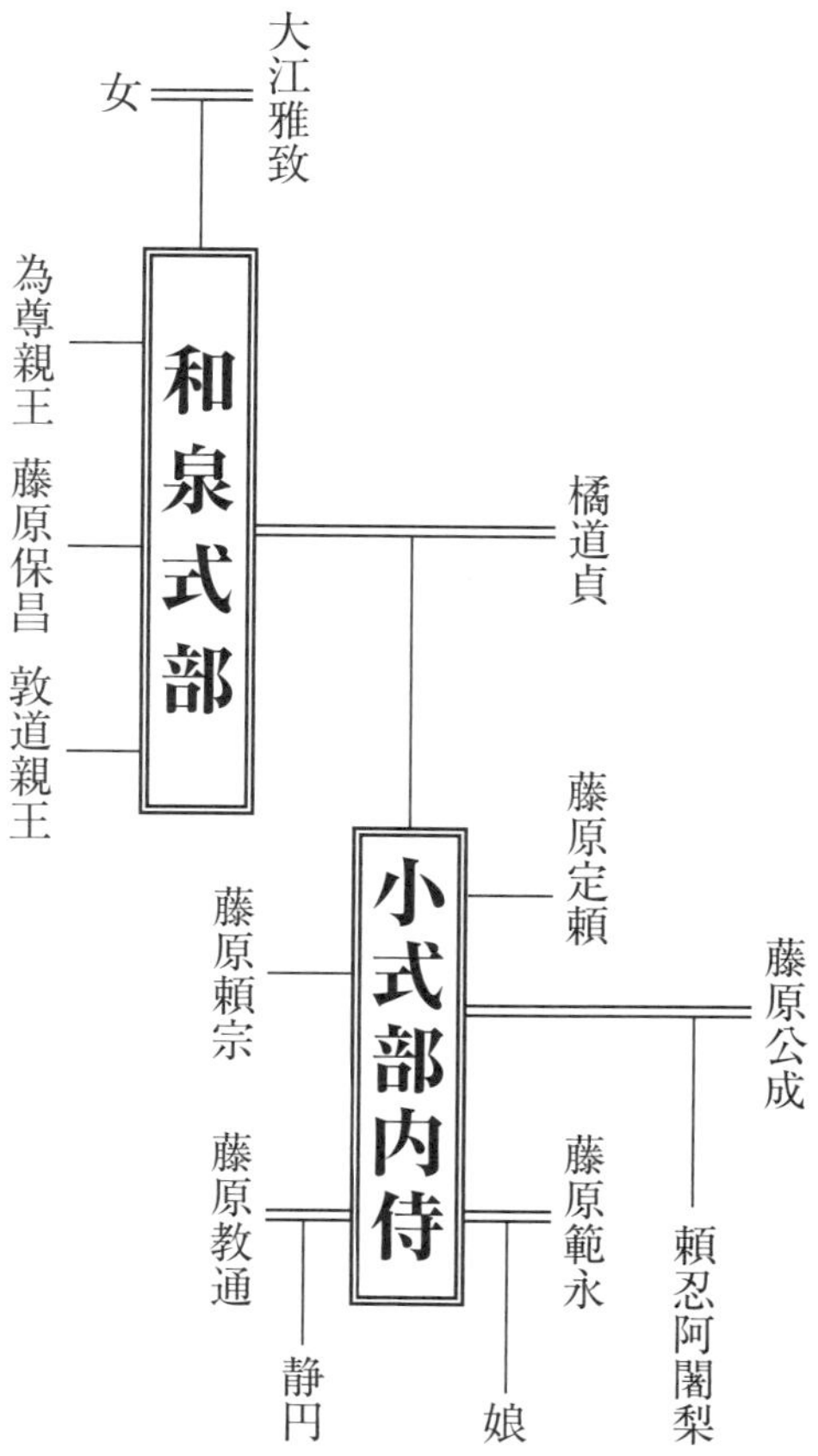
女
大江雅致
為尊親王
藤原保昌
敦道親王
和泉式部
橘道貞
藤原定頼
藤原頼宗
小式部内侍
藤原公成
藤原教通
藤原範永
頼忍阿闍梨
静円
娘

しまう。当然、夫の道貞とも離縁。しかも為尊親王の病死によって熱すぎた恋は長くは続かなかった。

だが哀れに思う必要はないかもしれない。和泉式部はどこまでも和泉式部であり、出席した葬儀でお経をあげにきた僧侶と関係を持ち、警備をしていた侍とも関係を持ったといわれている。さらに、落ち着く間もなく次は為尊親王の弟・敦道親王に猛アタックをしかけたのだ。

和泉式部はその奔放な生き方から「浮かれ女（売春婦）」と評されている。しかし、どんなにひどく言われようと

岐阜県可児郡御嵩町には和泉式部の廟所といわれる石碑が存在する。

彼女は臆せず、超然としていた。小式部内侍が生まれたときに「付き合っている男が多いから、誰が父親なのかわからないね」とまで言われたことに対しても、「この世には いかがさだめむ おのづから 昔をとはむ 人にとへかし（現世では定められないことがあるもの。生前の所業を死後に裁く閻魔様に聞いてみたらいかが）」と気丈な歌で返している。

また、藤原道長が和泉式部の扇子に「浮かれ女の扇」と落書きし、その好色ぶりをからかったときも、即座に歌で返している。「越えもせむ 越さずもあらむ 逢坂の 関もりならぬ 人なとがめそ（男女の逢瀬の関を越える者もあれば越えない者もいる。関守でもないのに、咎めたてないでほしい）」。

そんな和泉式部にも年貢の納める時がやってきた。主人である藤原彰子の父・藤原道長のすすめに応じて藤原保昌と二度目の結婚をし、それからは派手に浮名を流すようなことはなくなった。和泉式部の晩年は25歳の若さで娘に先立たれた悲しみのうちに無常を悟り、道長によって与えられた誓願寺近くの東北院の小堂に住み、やがてその生涯を終えたとされている。

其之八

小式部内侍

蛙の子は蛙!? 和泉式部の娘

❖才能溢れるも早世した母譲りの恋多き美女

和泉式部の愛娘、小式部内侍。やはり血は争えないもので、彼女も母のように恋に生きた女だった。

13歳のころ、母の和泉式部と共に一条天皇の中宮・彰子に出仕することになる。母の血を色濃く継いだ彼女は歌の才能にも恵まれ、宮中の貴公子たちにも気に入られた。

彼女の最初の恋人とされているのが、道長と源明子の息子・藤原頼宗。しかし長くは続かず、その後は藤原教通、藤原範永、藤原定頼などと浮き世を流す。そして小式部の最後の男性となったのが、藤原実成の長男・藤原公成といわれている。1025年に公成との間に男子を出産したのと引き換えに、25歳の若さでこの世を去った。

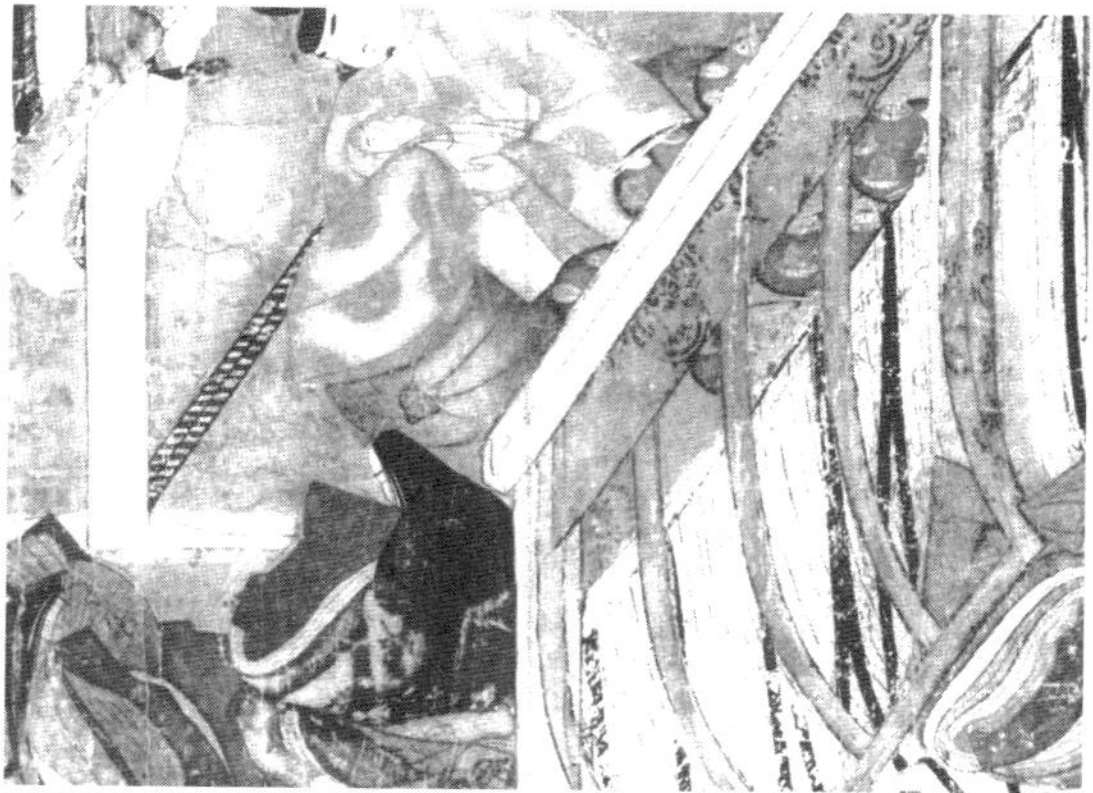

平安時代において出産は母体の命を奪うとされ吉日に祈祷していた。（『源氏物語絵巻』国立国会図書館所蔵）

大江山をすぎた生野で代詠疑惑を晴らす和歌を詠みあげた。

本当は怖い百人一首

其之九

紫式部＆清少納言

天皇をめぐる彰子と定子の代理戦争

❖宮中サロンで女流作家同士が憎しみ合う!!

わが国の誇る古典文学の傑作である『源氏物語』の作者・紫式部。彼女の生涯は謎に包まれているが、わずかな資料が伝えるところによると、紫式部は藤原宣孝という40代の貴族にプロポーズされ、27～8歳のころ結婚した。結婚生活では子宝に恵まれるが、結婚から2年後に夫の藤原宣孝を病気で亡くしてしまっている。

通説では、その後の数年間に『源氏物語』を書き上げたとされている。宮中でのめくるめく愛と死の物語は、現在でも日本史上最高峰の恋愛小説として語り継がれているが、当時から評判は高かったようで、時の権力者・藤原道長により一条天皇の中宮・彰子の女房として召されることになる。

紫式部と清少納言の人物相関図

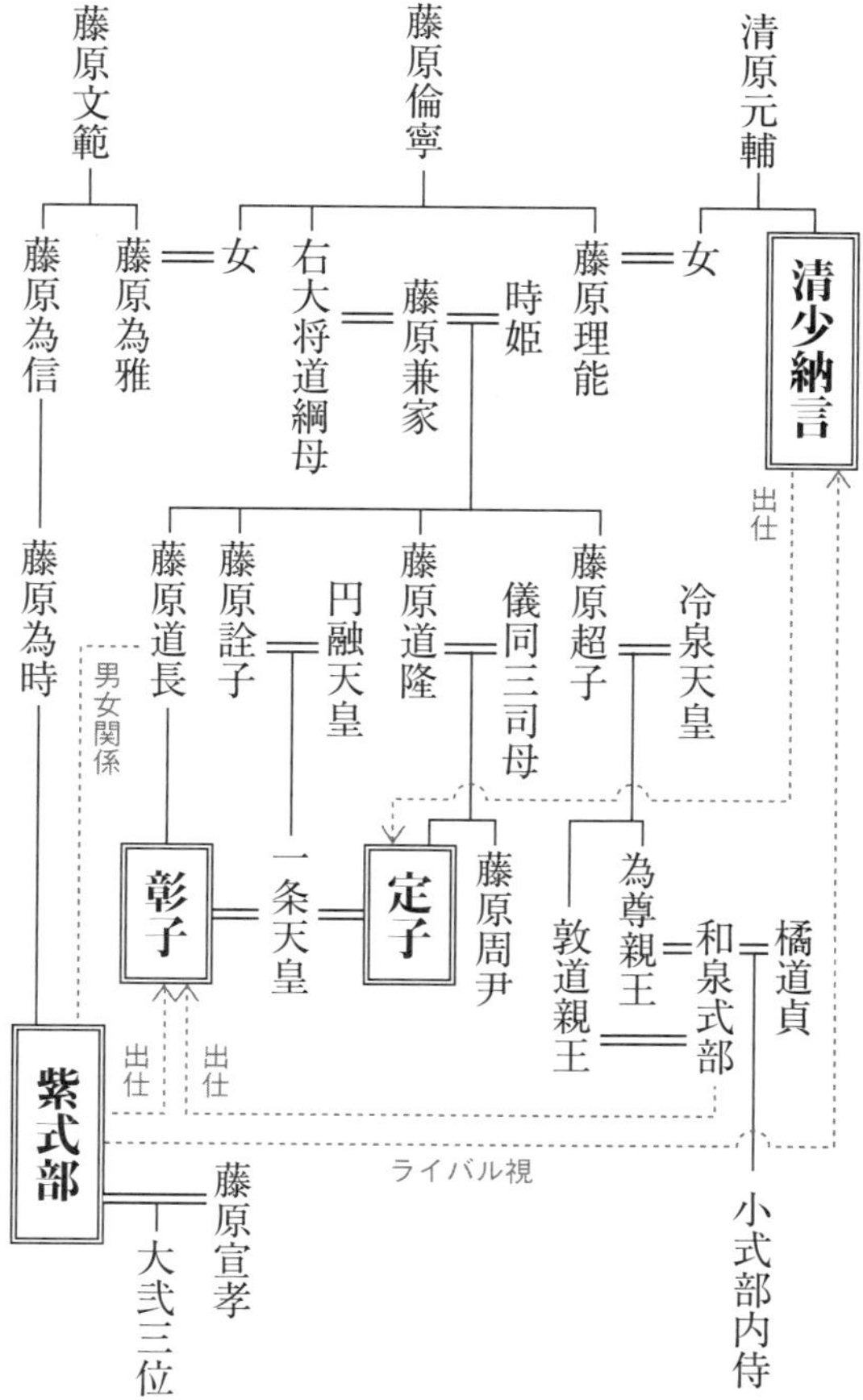

ところで、紫式部が書いたとされる『紫式部日記』には、清少納言に対する辛辣な批評も書かれていることがよく知られている。実際、『枕草子』をみると、清少納言は自慢たらしい鼻持ちならない女だったようだが、それ以上に、二人が仕えるそれぞれの主人同士の確執が、紫式部の反目をかりたてる要因になっていたようだ。

中宮彰子に仕えた紫式部に対し、清少納言が仕えたのは中宮定子。どちらも一条天皇の中宮（正室）ということになるが、当然ながら一人の天皇に正室は一人。はじめ定子が中宮だったの

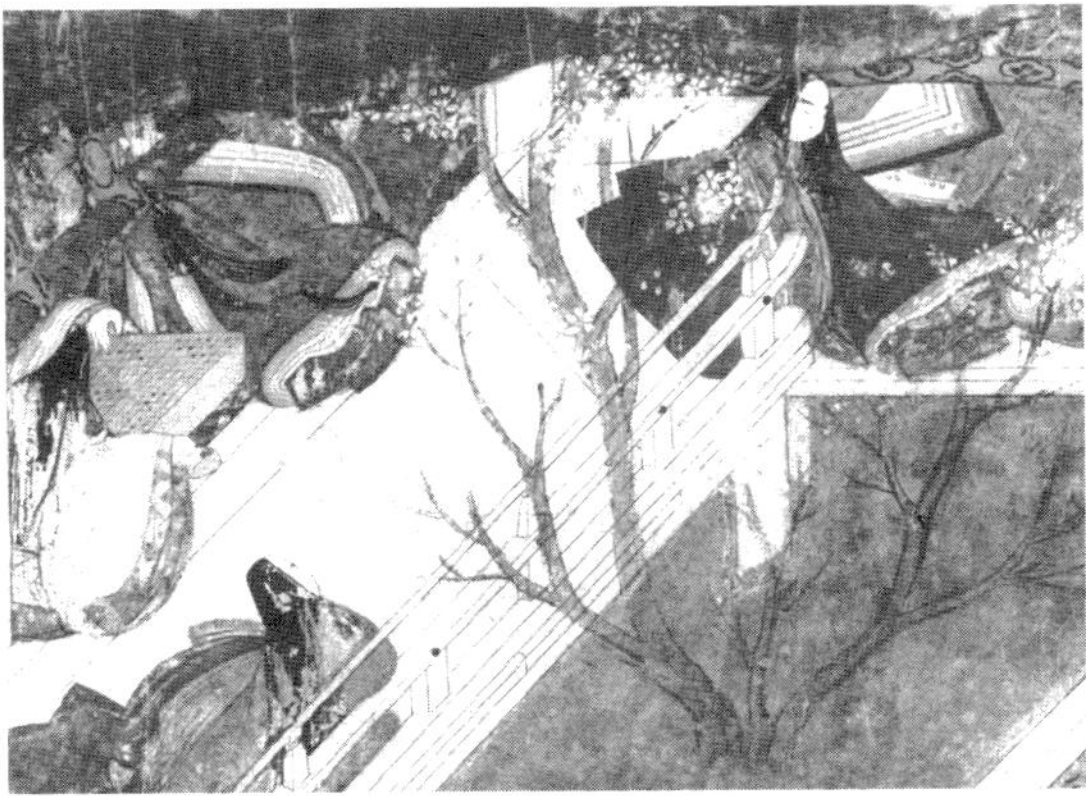

きらびやかな宮中サロンを引っ張る紫式部と清少納言は『源氏物語』ような生活だった!?（『源氏物語絵巻』国立国会図書館所蔵）

を、彰子がその地位を奪うように中宮となったというドロドロの宮廷劇があったのだ。さらにその裏には、定子の父・藤原道隆の死後をねらって権力を掌握しようとした、彰子の父・藤原道長の権力欲があったのは周知のところである。

当時、天皇の后に仕える女房にとって大切な役目とは、天皇本人や高位の貴族が歌合などの行事のために後宮に訪れても、居心地がいいように接待することだった。定子を正室からはずした一条天皇の寵愛が、再び定子に戻らないよう、生真面目な紫式部などは心を砕いたに違いない。本来なら面識のないはずの清少納言の悪口をそこまで書き立てたのも、清少納言が貴族の間でもとびきりの才媛だったという評判に、彰子の女房としての面目を重んじるあまりのことだろう。

そんな二人であるが、紫式部は夫と死別し、清少納言は結婚した橘則光とソリが合わず離婚。二人とも主人のもとできらびやかな宮廷文芸サロンをつくりあげ、多くの貴族と浮名を流した。式部にとっては不本意かもしれないが、二人はかなりの似たもの同士だったのである。

藤原定頼

小式部内侍をからかった、本当の理由とは!?

❖好きな女のために一肌脱いだ貴公子!?

「朝ぼらけ 宇治の川霧 たえだえに あらはれわたる 瀬々の網代木」

第64番で、宇治に流れる川の情景を格調高く詠んでみせた藤原定頼は、どうも勝気なお嬢様が好みだったようだ。

そんな彼が、母譲りの美貌と歌才で知られる和泉式部の娘・小式部内侍に目をつけた。ある歌合の席でちょっかいを出そうとして、逆にやり込められてしまったのだが（P48を参照）…。

実はこの二人、この時すでにデキていて、小式部内侍へのやっかみを解消しようとして定頼が一芝居うったという説がある。だとすれば定頼は世評にある小学生じみた人物ではなく、かなり包容力のあるキャラだったのかもしれない。

藤原定頼の人物相関図

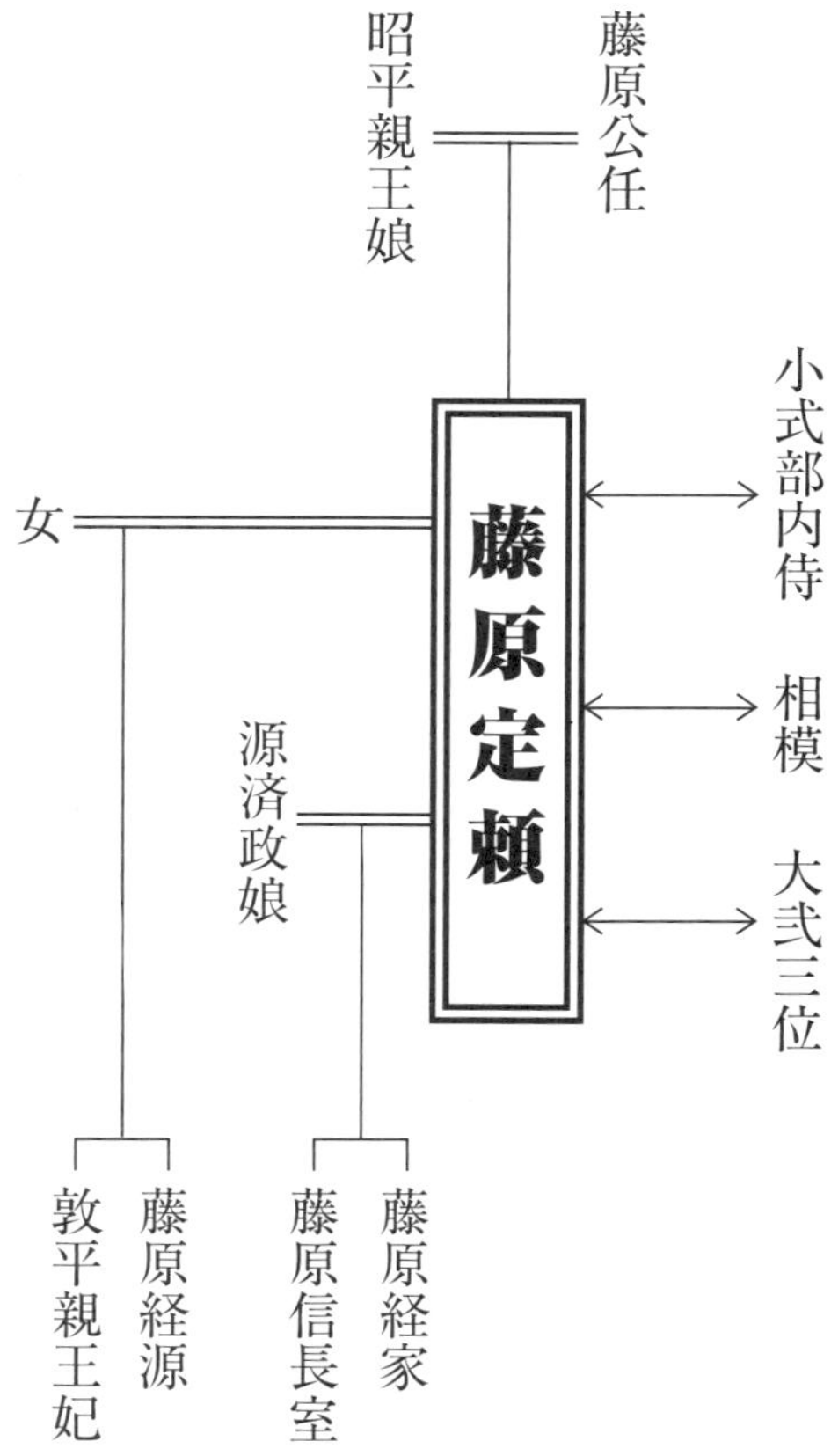
藤原公任
昭平親王娘
藤原定頼
小式部内侍
相模
大弐三位
女
源済政娘
藤原経家
藤原信長室
藤原経源
敦平親王妃

大弐三位

紫式部の愛娘という立場を存分に利用

❖母親とは正反対の性格で宮廷でも大出世を果たす！

母・紫式部の愛娘、大弐三位こと藤原賢子は地味で引っ込み思案だった紫式部とは違い、明るく朗らか、温厚で外向的な娘だった。恋愛に対しても臆せず、藤原頼宗、源朝任、藤原定頼、藤原兼隆などと浮き名を流していた。

少女時代から藤原道長の娘、彰子のもとに出仕し、子どもを生んだときにはちょうど道長の孫も生まれており、超難関と言われている乳母の座を射止め、世話をした子どもは後冷泉天皇として即位している。

奔放な恋愛とは逆に、結婚は堅実に金持ちの受領階級である高階成章と。親の七光りを活用しつつ宮仕えする女房が理想とする地位を得たのだ。実にしたたかな女性だったようである。

大弐三位の人物相関図

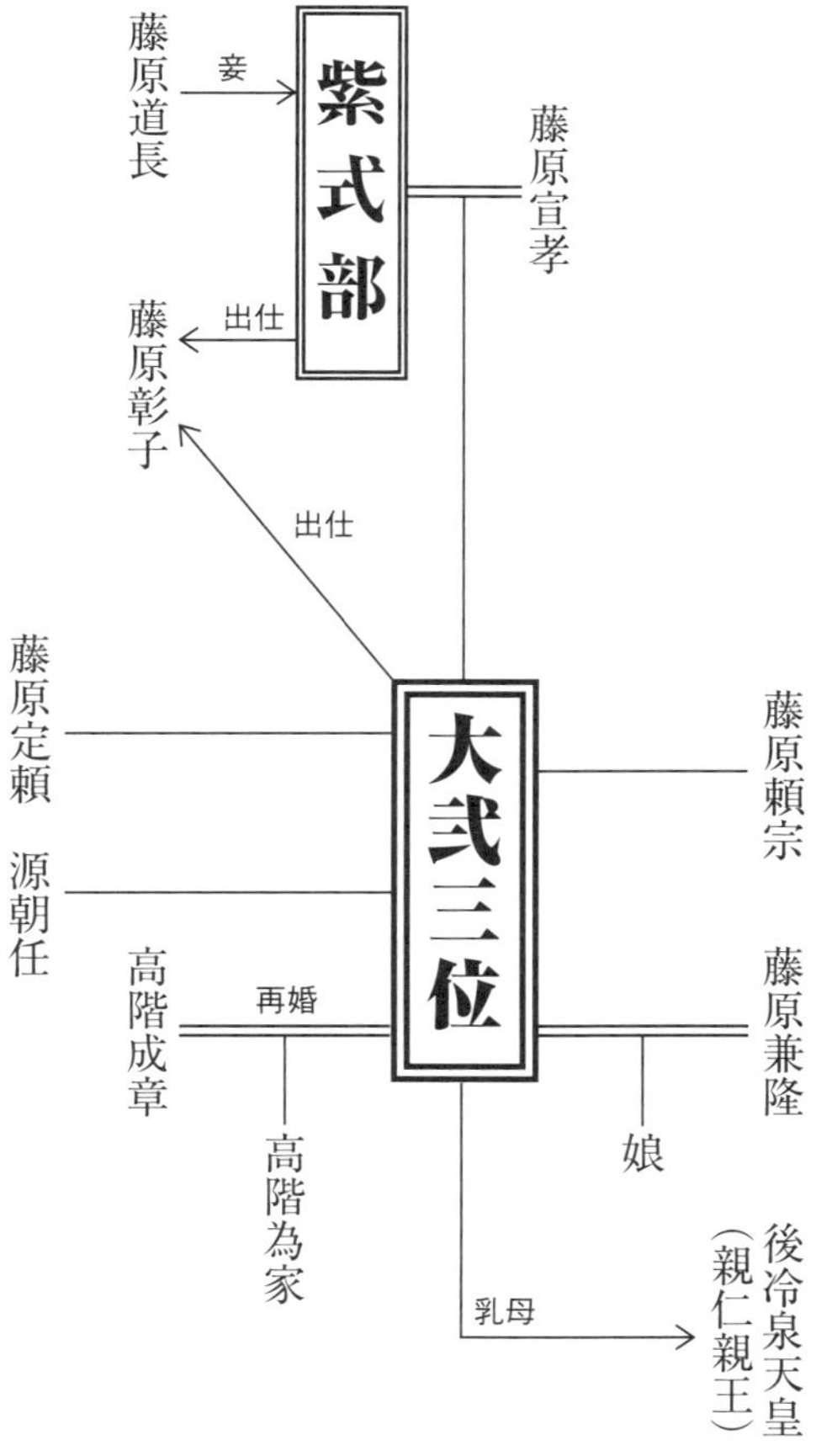
藤原道長
妾
紫式部
藤原宣孝
出仕
藤原彰子
出仕
藤原定頼
源朝任
大弐三位
藤原頼宗
高階成章
再婚
藤原兼隆
高階為家
娘
乳母
後冷泉天皇（親仁親王）

本当は怖い
百人一首

其之十二

相模

離婚して都で貴公子たちとイチャイチャ

❖忌まわしい結婚生活から解放され宮中へ出戻り！

相模は大江公資が相模守だったときに妻となったため、相模の通称で呼ばれていた。

1020年、夫とともに相模国に下向。1023年正月、箱根権現に百首歌を奉納したが、憂悶を訴える歌が多く、また子を願う歌をさかんに詠んでおり、結婚生活には不満や不安が多かったようだ。

そのせいか、相模からの帰京後の1025年ころ、公資と離別。強引に妻にされ任国下向させられたのは、彼女にとって非常に不本意なことで、夫の公資が愛人を作っていたことを訴える歌が残されている。

そんな相模は、離婚後に中納言・藤原定頼と激しい恋に落ちている。

相模の人物相関図

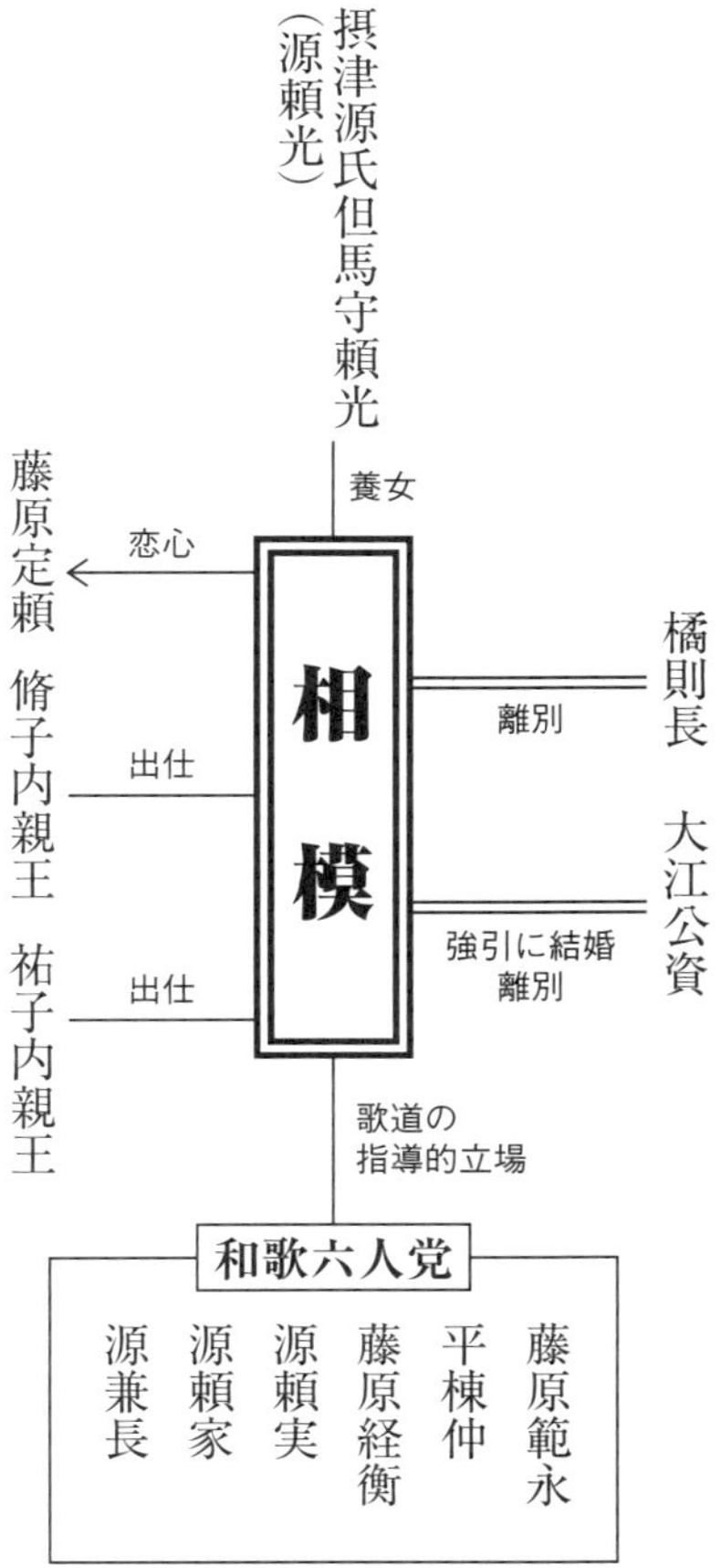
摂津源氏但馬守頼光（源頼光）
養女
藤原定頼
恋心
脩子内親王
出仕
祐子内親王
出仕
相模
橘則長
離別
大江公資
強引に結婚
離別
歌道の
指導的立場
和歌六人党
藤原範永
平棟仲
藤原経衡
源頼実
源頼家
源兼長

本当は怖い
百人一首

其之十三

平兼盛&赤染衛門

温和な美女は40番を歌った兼盛の娘!?

❖和泉式部とは正反対だった親友・赤染衛門

赤染衛門《あかぞめえもん》の父は光孝天皇の曾孫にあたる平兼盛。兼盛の妻が離婚した際すでに妊娠しており、赤染時用《あかぞめときもち》と再婚した後に娘を出産したため、兼盛が娘の親権を主張して裁判で争ったが認められなかった。そんな出生秘話をもつ赤染衛門は、養父の姓と官職から赤染衛門と呼ばれ、中宮彰子に仕えた。

和泉式部とは夫の姪にあたり仲がよかったようで、紫式部は奔放な和泉式部よりも調和の取れた温和な赤染衛門のほうを好んでいたようだ。宮廷には男女問わず多くの友人がいたという。

才媛と言われる赤染衛門は、家庭では優秀な主婦で内助の功にも秀で、宮仕えも立派に果たすパーフェクト女流歌人だった。

平兼盛と赤染衛門の人物相関図

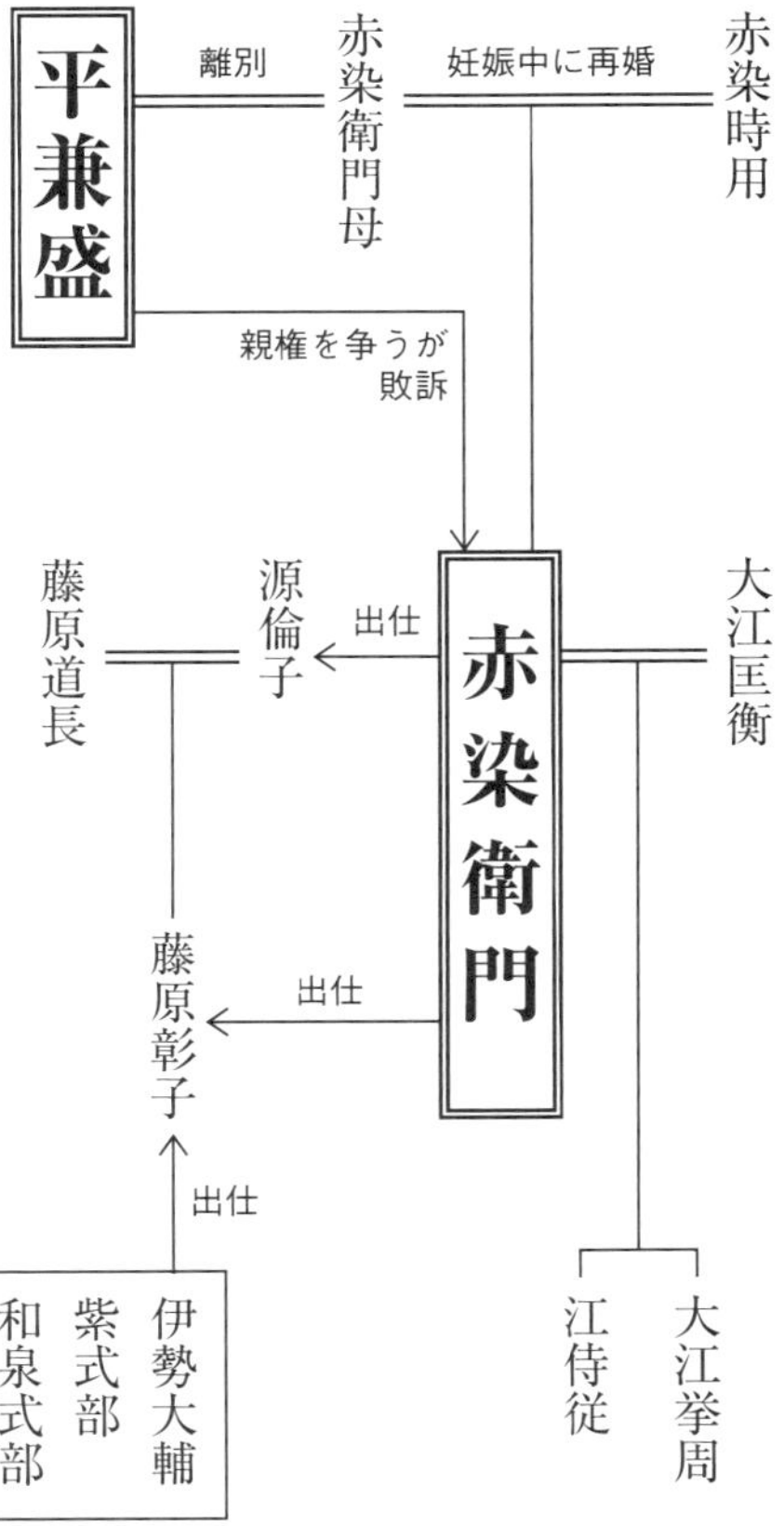

其之十四

待賢門院堀河

宮廷のドギツい人間模様を間近で見た女

❖仕えた璋子はファザコン 璋子の相手はロリコン・男色

第80番で、男との逢瀬が終わった朝の気だるさをなまめかしく歌った待賢《たいけん》門院堀河《もんいんほりかめ》（P210参照）。この歌のような耽美的な経験を本人がしていたかどうか、そこは定かではないのだが、彼女が仕えた待賢門院《たいけんもんいん》（藤原璋子《ふじわらたまこ》）と、その周囲の人物はかなり凄まじい人間模様を形成している。

堀河の主人・待賢門院こと藤原璋子は、大納言・藤原公実の娘に生まれたが、7歳で父を失い、白河法皇の養子となる。しかし、美女に目がなかった白河法皇は、璋子が美しく育ってくると、たまらず手を出してしまう。いくら性におおらかな平安の時代でも、親子間（たとえ養子でも）での恋愛はタブーだった。

待賢門院堀河の人物相関図

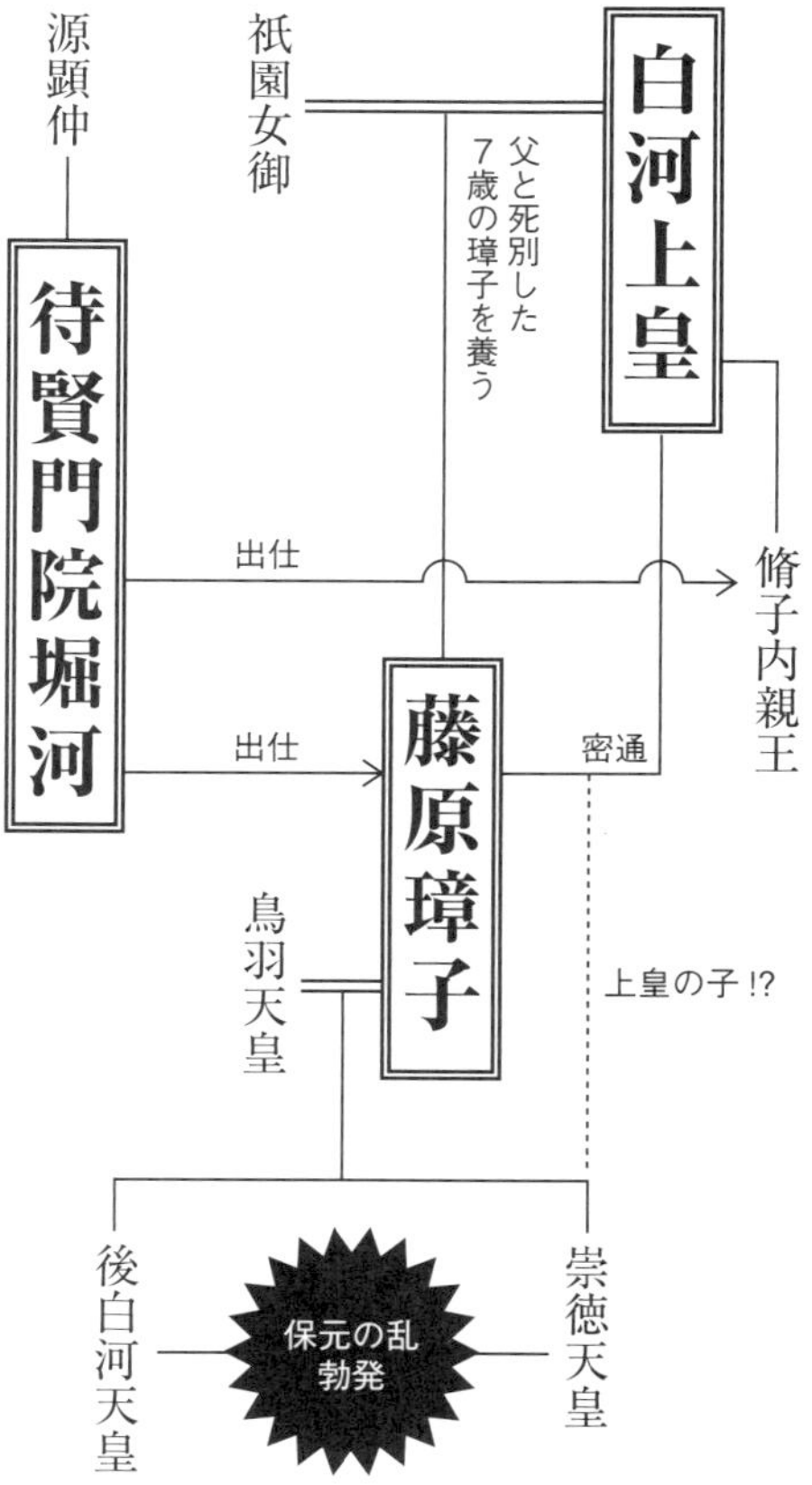

後ろめたさを覚えた白河法皇は、自分の実孫である15歳の鳥羽天皇と璋子を結婚させるが、この結婚はあまりうまくいかなかった。鳥羽天皇は璋子が白河法皇の愛人であることを知っていたし、また璋子と白河法皇はその後も逢瀬を重ねる始末だったのだ。いくら璋子が美しいとはいえ、そんな相手を心から愛するのは難しいだろう。そのころ璋子が産んだ皇子はのちに崇徳天皇となるが、鳥羽天皇は崇徳を「叔父子」と呼んで忌み嫌ったという。

　璋子だけでなく、白河法皇は身分を問わず非常に多くの女性に手を出して

悲運の天皇を生んでしまった待賢門院と叔父子と呼ばれ嫌われていた崇徳天皇。(『待賢門院像』法金剛院所蔵)

は、飽きると寵臣に次々と与えたことから、崇徳天皇や平清盛が「白河法皇の御落胤」であるという噂が当時から広く信じられるようになった。

また白河は男色もよくたしなみ、近臣として権勢を誇った藤原宗通、あるいは北面武士の藤原盛重・平為俊はいずれも寵童の出といわれている。白河法皇が男女問わずまきちらした種はやがてこれらの人々のあいだに近親憎悪を生み出し、保元の乱、平治の乱の遠因ともなった。

待賢門院堀河は、璋子に仕えながらこれら極彩色の人間模様を間近に見続けたはずである。それは肯定的にみれば堀河が歌の世界に表現したような耽美な背徳趣味になるだろう。しかし裏を返せば、宮廷の乱れが世情の乱れにつながり、やがて武士の台頭と源平の争乱を招くようになるのである。

堀河が仕えた待賢門院は、そんな運命を体現するように、白河法皇の死後に鳥羽天皇の寵愛を藤原得子に奪われ、得子とその子・近衛天皇を呪詛したとの噂を流されながら、失意のうちに亡くなった。堀河が彼女の死をみとったかどうかは、確たる資料は残されていない。

本当は怖い
百人一首

其之十五

藤原定家&式子内親王

選者と皇女の深い仲と忍ぶ愛

❖歌壇を引っ張る定家と神に仕える内親王の思い

藤原定家の父は『千載和歌集』を撰進した歌人・藤原俊成。幼少の頃から父に歌の指導を受け、成長しても西行法師や平忠度らと親交を持つなど、天性の歌心に磨きをかけ続ける毎日だった。そんな定家は天才型に多い直情タイプの人間で、歌人としては珍しく血の気が多く、1185年（23歳のとき）、宮中で少将・源雅行に侮辱されて殴りかかり、官職から追放されるという事件を起こしている。

その定家が、あるとき胸が苦しくなるような恋愛を経験する。

相手は源平争乱の中心人物、後白河法王の三女に生まれた、式子内親王。源頼政と共に平家追討の口火を切った以仁王は、彼女の弟にあたる。平安末

藤原定家式子内親王の人物相関図

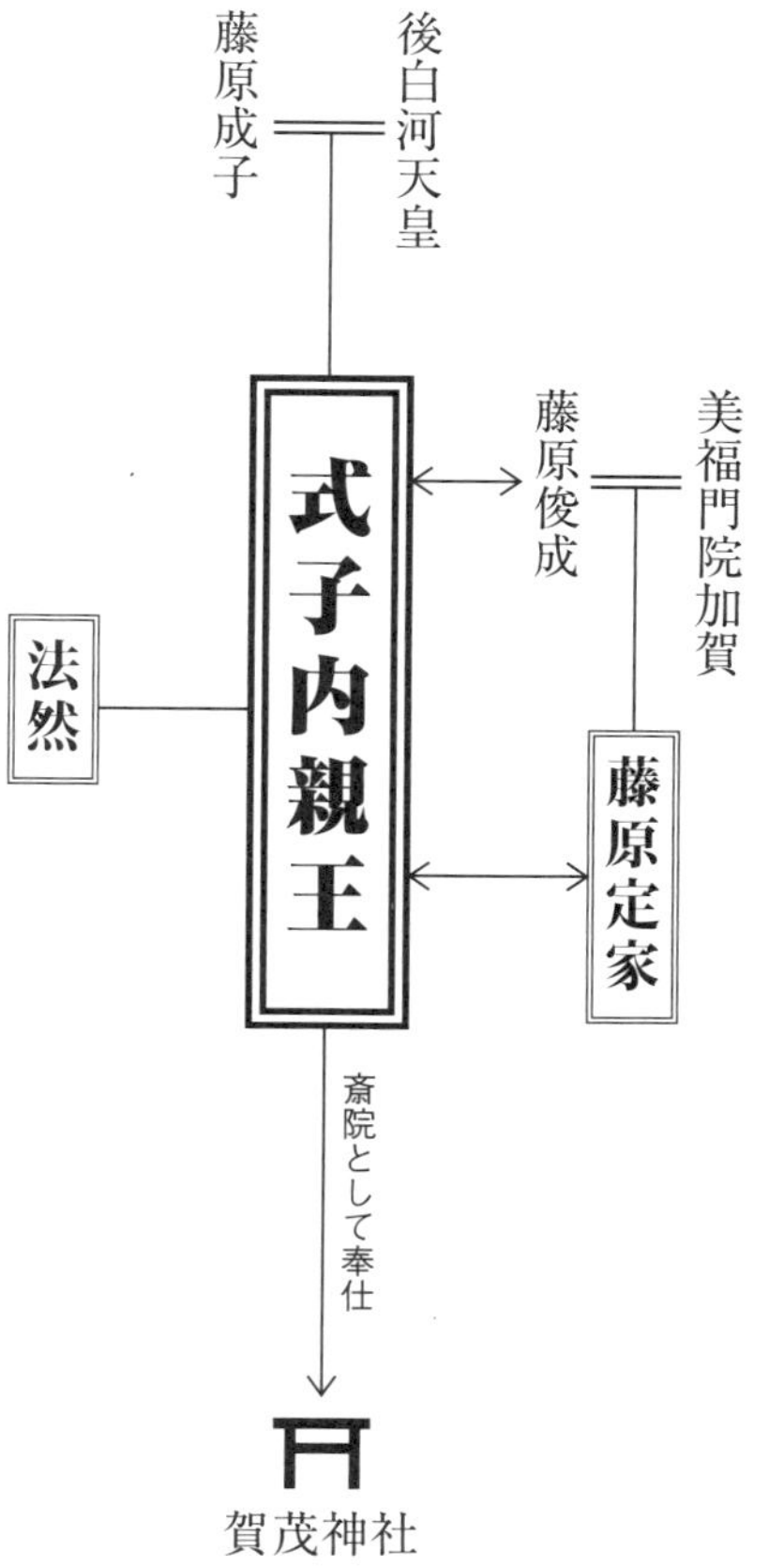

期の乱れた世情のなか、肉親の相次ぐ死に遭遇したり、幾度かにわたり反乱に巻き込まれたりと、幸の薄い生涯を送っていた彼女はしかし、定家の父、藤原俊成に和歌を学び、多くの優れた歌を残した歌人でもあった。特に恋の歌には秀作が多く、自らを内に閉じ込めるような憂愁を込めた歌や、感傷的な追憶の歌を好んで詠んでいる。

このふたりの出会いは、定家が式子内親王のもとで家司（貴人の家政を司る人）のような仕事をすることになったのがきっかけと言われる。

式子内親王は定家から歌壇の動向や、

斎院として式子内親王が奉仕した賀茂神社。天皇の皇女で限られた者の中から占いによって決定する。退位するまではもちろん、その後も恋愛も結婚もできないのである。

歌作についての情報を得て、定家も自らの歌論や歌の知識を真面目に聞いてくれる人に出会い、楽しく通ったに違いない。

しかし、ささやかな幸せは一瞬にして奪われてしまう。1159年、式子が斎院に選ばれてしまったのだ。

斎院とは伊勢神宮、賀茂神社に奉仕する皇女のことで、純潔なことが条件のひとつであった。二人は結婚はおろか恋愛すら禁じられ、それでも文を送りやり取りは続いていたという。ただし、式子は法然とのやり取りも多かったことから、そちらが本命で定家は相談相手だという説もある。

1169年に病により斎院を引退すると、病に伏せた式子を、定家はかなり頻繁に見舞いに行っていたようである。斎院となった皇女は、その後も結婚を許されることはないため、定家の胸のうちには、秘めたる想いをひたかくしにしていたのかもしれない。

式子は歌合は百首歌を献じるような機会があると定家にみてもらい、二人の微妙な関係は、式子が1201年に亡くなるまでずっと続いた。その様子は、記録魔だった彼がのこした日記『明月記』に克明に記されている。

其之十六

後鳥羽天皇

鎌倉3代将軍源実朝を愛した両刀使い！

❖女も男も大好きな色好天皇 最後は謀反者として流刑に

「人もをし 人も恨めし あぢきなく 世を思ふゆゑに もの思ふ身は」

人を愛し、人を恨めしくも思う。こんなくだらない世でも、物思いにふけってしまう自分は大したことないな——。

この、哀愁と無常観がただよう百人一首の第99番を詠んだのは、源平争乱の時代を生きた後鳥羽天皇である。激動、といってしまえばそれまでだが、京に攻め入る源氏の大軍から逃れた幼い安徳天皇の空位を埋めるために、三種の神器もなく即位せざるを得なかった後鳥羽天皇の心中は「こんな天皇など前代未聞だ」という皮肉や冷笑がうずまいていた。

翌年、壇ノ浦に安徳天皇が入水自殺したため、神器のうち宝剣だけは回収

後鳥羽天皇の人物相関図

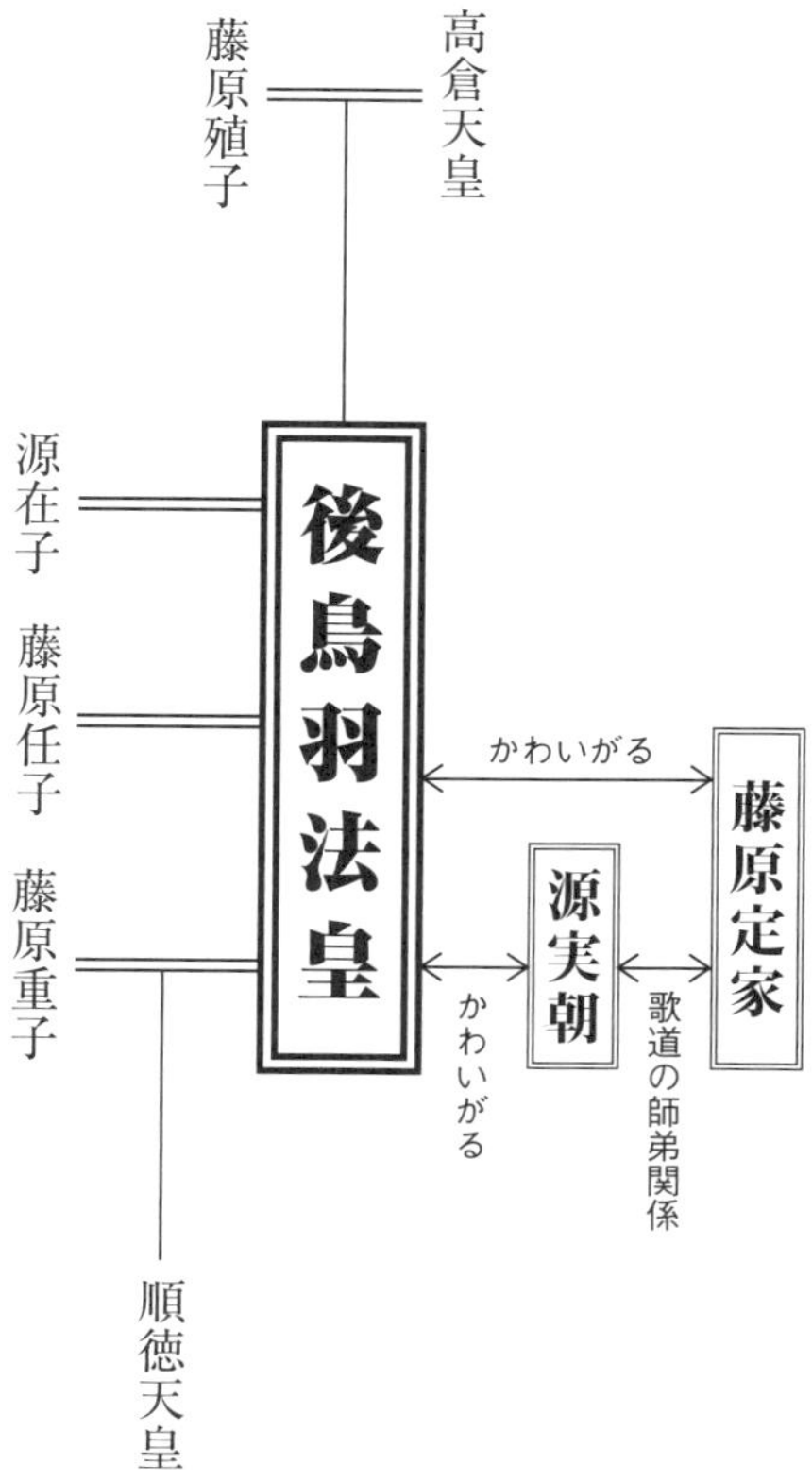

できず、結局、後鳥羽天皇の即位中に神器がそろうことはなかった。周囲の目も冷ややかなもので、ともすれば後鳥羽天皇の治世が芳しくないのは、三種の神器がそろっていないからだという言いがかりをささやかれることも多かったようだ。

そんな「コンプレックス」を抱えた後鳥羽天皇は、劣等感をバネにして文武百般に通じた優れた天皇に成長する。蹴鞠、囲碁、双六（和歌を使った遊戯）、武道となんでも興味を示し、とことんこだわるのが後鳥羽天皇の流儀であった。女遊びもかなり派手だったようで、

後鳥羽上皇が配流された隠岐島。刀剣を鍛え、和歌を歌って過ごしていた。

后や女御は数えられるだけで13人にものぼり、皇子と皇女は合わせて20人。もちろん、一夜限りの相手など数えきれなかったに違いない。

和歌に執心していた時期には藤原定家の歌才を見抜き、勅撰集『新古今和歌集』の撰者に抜擢したほどだ。もっとも、超人的な遊興に朝も昼も付き合わされた定家にとっては、たまったものではなかったかもしれない。後鳥羽天皇に振り回されつつ、『新古今和歌集』の編纂に多忙をきわめた定家は、その編纂作業にも口を出し始めた天皇と衝突し、ついに袂を分かつことになってしまう。

一時は蜜月といってもいいほど親密だった後鳥羽天皇を、定家は浮世から少し離れた場所で見守り続けた。後白河法皇、源頼朝の2大権力者がこの世を去ると、後鳥羽天皇は朝廷の復権に力を入れ、わずか3代で鎌倉幕府が滅んだのを機に時の執権・北条義時を追討する承久の乱をおこした。しかし、これにあえなく敗北した後鳥羽天皇は隠岐に流され、その地で18年の月日を過ごしたあと、1239年、ひっそりと崩御した。定家が没する2年前のことだった。

本当は怖い
百人一首

第四章

本当は怖い「恋の歌」

第三番

手の届かぬ権力者を想った歌

柿本人麻呂

情念

あしひきの
山鳥の尾の
しだり尾の
ながながし夜を
ひとりかも寝む

現代訳

山鳥の長く垂れ下がった尾のように、長い長いこの夜を、（愛する人と遠く離れた私は）たったひとりで寂しく寝なければならないのか。

情念解説

柿本人麻呂は持統天皇の愛人だったともいわれている。また、元明天皇の怒りをかって罪もなく刑死したという異説もある。この歌にはそんな人麻呂が獄中で死を待ちながら、かつての愛人女帝を偲びつつ、冤罪に無念の涙を流す姿が思いやられるようである。

私を殺そうと いうのか…

詳細

詠み人…柿本人麻呂

成立年…不明

由縁……不明

歌聖と呼ばれる万葉歌人。史書に詳細な記録はなく、彼が詠んだとされる和歌でのみ、その事績を窺い知ることができる。

第九番

小野小町

老いの残酷さを儚んだ歌

無常

花の色は
うつりにけりな
いたづらに
わが身世にふる
ながめせしまに

現代訳

春の長雨が降り続くうちに色あせてしまった桜の花のように、物思いにふけっているうちに私の容姿もすっかり衰えてしまったものよ。

情念解説

絶世の美女として知られた小野小町は数多く恋の歌を詠んだ。しかし、それがいつしか自らの美貌の衰えを嘆く内容に変遷する。老いて醜くなった我が容貌を知られまいとしたのか、小町は姿をくらまし、野ざらしのドクロに成り果てたとの伝承が伝わる。

時の流れの酷きことよ…

詳細

詠み人…小野小町
成立年…不明
由縁……不明

世界三大美女に数えられる平安歌人。小野篁の孫とも伝わるが詳細は不明。在原業平など同時代人との贈答歌が伝わっている。

第一一番

小野篁

仲間と朝廷の冷酷さに憤った歌

憤懣

わたの原
八十島かけて
こぎ出でぬと
人には告げよ
あまのつりぶね

現代訳

大海原に浮かぶ島々を目指して私の舟はこぎだしていったと、京にいる恋しい人に伝えておくれ。漁師の釣り舟よ。

情念解説

小野篁は遣唐使の任が下った際に正使・藤原常嗣《ふじわらのつねつぐ》といさかいを起こし、怒りのあまり朝廷を批判する詩をつくったため隠岐の島に流罪となった。この歌は恋人への別れを惜しみながら、流罪にいたった経緯へのやるかたない憤懣《ふんまん》が込められている。

許さんぞ

詳細

詠み人…小野篁

成立年…838 年

由縁……隠岐への流罪の道中

遣隋使となった小野妹子の子孫。文武の才に無双を謳われたが、その反骨精神から「野狂（狂った野人）」とも呼ばれるようになった。

第一三番

陽成院

純恋歌の裏に見えるご乱行気質

狂気

筑波嶺の
みねより落つる
みなの川
恋ぞつもりて
淵となりぬる

現代訳

男体山と女体山からなる筑波山の峰から流れる男女川は、しだいに深い淵となっていく。同じように私の恋心も深い淵のようになってしまった。

情念解説

陽成院が少年時代、光孝天皇の皇女である綏子《すいし》内親王《ないしんのう》に恋をして贈った歌。陽成院は乳兄弟を殴り殺すなどご乱行のため、9歳で即位してわずか17歳で退位させられた。この歌も男女という言葉が頻繁に出て、彼の短絡的な性質がにじみ出ているようである。

断ったらどうなるか分かっているな

■ 詳細 ■

詠み人…陽成院
成立年…880 年前後
由縁……綏子内親王に贈った歌

在位中は「摂政」である伯父・藤原基経と「国母」である母・高子の間の権力争いに翻弄される日々だった。退位後は 82 歳まで生きた。

第一八番

女のふりして我を押し通す歌

藤原敏行

傍若無人

すみの江の
岸による波
よるさへや
夢のかよひぢ
人目よくらむ

現代訳

住の江の岸には昼夜を問わず波が打ち寄せてくる。それなのに夜の夢の中でさえ私のところに来てくれないのは、人目を避けているからなの⁉

情念解説

藤原敏行は、本来なら斎戒沐浴《さいかくもくよく》して身を清めるところを、魚肉をむさぼり、女を抱いた不浄の身のまま写経をしたため若死にし、地獄に落ちた逸話をもつ人物。この歌も、他人の都合をかえりみずに我を押し通す傍若無人ぶりが透けて見えるようである。

神も仏も知ったことか

詳細

詠み人…藤原敏行

成立年…889 年頃

由縁……班子女王の邸にて詠んだ歌

歌人としては在原業平から紀貫之に橋渡ししたような、繊細流麗な感覚のある歌風。書家としても名を残すが 27 歳の若さで死去。

第一九番

男を怒りのままに問い詰める歌

伊勢

魔性

難波潟
みじかき葦の
ふしの間も
逢はでこの世を
過ぐしてよとや

現代訳

難波潟《なにわがた》に生えている葦の節と節の間のように、ほんの短い時間でもあなたにお会いしたいのに、それも叶わず独り過ごしていけとおっしゃるの？

情念解説

伊勢が宇多天皇の中宮・温子に仕えていた頃、温子の兄・藤原仲平《なかひら》に贈った歌。あまりに激しい恋慕のせいか、仲平とはのちに破局してしまう。しかしその後は宇多天皇、その皇子の敦慶《あつよし》親王と、親子二代の皇族と契って子を産むなど、数々の浮名を流した。

息もできないほど愛しているの…

詳細

詠み人…伊勢
成立年…不明
由縁……不明

藤原仲平、時平兄弟や平貞文と交際ののち、宇多天皇とその皇子の子を産む。情熱的な恋歌を数多く残し、三十六歌仙に数えられた。

第二〇番

元良親王

破滅も恐れず恋を求めた男の歌

恋狂い

わびぬれば
今はたおなじ
難波なる
みをつくしても
あはむとぞ思ふ

現代訳

あなたとの恋のうわさが世間に知れ渡ってしまった。こんなに思い悩むくらいなら、身を滅ぼしてもかまわない、あなたに会いに行こうと思う。

情念解説

三十数人もの相手に恋の歌を贈った元良親王。その彼がついに時の最高権力者である宇多院の最愛の妻妾・藤原褒子《ふじわらのほうし》に手を出した。これが宇多院に知られると二人は二度と会うことを禁じられた。それでも褒子への想いを断ちきれず贈ったのが、この恋歌である。

お前のことも孕ませてみたい…

詳細

詠み人…元良親王

成立年…不明

由縁……藤原褒子に贈った歌

陽成院の第一子として誕生したが、陽成院が退位したあとだったため帝位を継げず、その無念から風流好色に傾倒したとも言われる。

第二五番

身分を守るのに必死な男の歌

藤原定方

小心者

名にし負はば
逢坂山の
さねかづら
人に知られで
くるよしもがな

現代訳

「男女が会って寝る」という意味をもつ逢坂山のさねかずらよ。その蔓をたぐりよせるように誰にも知られず、あなたに会うことができればいいのに。

情念解説

三条右大臣こと藤原定方《さだかた》は、腹違いの姉が宇多天皇と結婚し、妹も醍醐天皇に嫁いだことで身分を保証された。その余裕から紀貫之ら歌人のパトロンとなったが、この歌のように、危険な相手に恋をしても身分までは失いたくないという小心者でもあった。

失脚などしたくない…

詳細

詠み人…藤原定方
成立年…不明
由縁……不明

皇族の外戚として出世を重ね、右大臣に登りつめた。恋をしても決して秘密を漏らさなかったため、相手のことは伝わっていない。

第三八番

かつての恋人への神罰を願った歌

右近

恨み

忘らるる
身をば思はず
ちかひてし
人の命の
惜しくもあるかな

現代訳

あなたに忘れられてしまう私の身は何とも思いません。しかし、神の誓いを破ったあなたは神罰で命を落とすでしょう。それは惜しい気もします。

情念解説

数々の貴族と浮名を流した右近も、ひどい失恋をしたことがあった。その相手は藤原敦忠。捨てられた右近は恋慕の情を抑えきれず、この歌を詠んだ。敦忠の身を心配しているようでいて、「神罰が当たればいいのに」と願っているような、激しい歌調である。

きっと神罰がくだりましょう

詳細

詠み人…右近
成立年…不明
由縁……藤原敦忠に贈った歌

父・藤原季縄が右近衛少将だったため右近と呼ばれるように。中宮穏子に仕え、元良親王、藤原敦忠などと恋愛関係があった。

第三九番

報われない人生を忍びに忍んだ歌

源等

苦渋

浅茅生の
小野の篠原
しのぶれど
あまりてなどか
人の恋しき

現代訳

茅の生えている小野の篠原のように、私の心はカサカサと乾くまで、忍んでいます。なのに、どうしてこんなに溢れるほどあなたが恋しいのでしょう。

情念解説

参議等こと源等《みなもとのひとし》は、嵯峨天皇のひ孫でありながら同じ境遇のライバルが多く、出世が遅かった。高官の参議に昇進したのも68歳の高齢で、その3年後に亡くなっている。この歌は忍ぶ恋を表現しながらも、報われなかった人生の乾ききった寂《せき》寥《りょう》が感じられる。

なぜ私だけ報われないのか…

詳細

詠み人…源等

成立年…不明

由縁……『古今集』の歌より本歌取り

嵯峨天皇の子孫、源希《みなもとのまれ》の次男。家柄は由緒正しいが、役人としても歌人としても目立った業績はなく、71歳でひっそりと人生を終えた。

第四四番

恋に破れて相手も自分も恨んだ歌

藤原朝忠

自虐

あふことの
絶えてしなくは
なかなかに
人をも身をも
恨みざらまし

現代訳

あなたに出逢えなかったほうが、逆に良かったのかもしれない。あなたのことも自分のことも、こんなに恨めしく思いはしなかったかもしれないから。

情念解説

藤原朝忠はあるとき人妻と恋に落ちた。人目を忍んで逢瀬を重ねたが、その人妻が朝忠をふりきり、夫の転任に従って旅立ってしまう。そんな悲恋の後に詠まれたこの歌は、まだ相手のことが忘れられず鬱屈し続け、自虐的にまでなった朝忠の姿が見えるようだ。

出逢わなければ幸せだった…

詳細

詠み人…藤原朝忠 成立年…960 年 由縁……天徳内裏歌合にて詠んだ歌	歌だけでなく笛や笙《しょう》にも秀で、数々の宮中の才女と逢瀬を重ねた。醍醐、朱雀、村上三代にわたる天皇に仕え、厚い信任を受けた。

第四六番

周囲から嫌われた独りよがりの歌

曾禰好忠

慢心

由良のとを
わたる舟人
かぢをたえ
ゆくへも知らぬ
恋の道かな

現代訳

由良の海峡（紀淡《きたん》海峡）を渡る船頭が、櫂《かい》をなくして行く先もわからず漂うように、私の恋路もこの先どうなることかわからないことよ。

情念解説

曾禰好忠《そねのよしただ》は歌人としてのプライドが高く、呼ばれてもいない高貴な歌会に私服のまま訪れて追い出されたとの逸話が残っている。そんな傍若無人や当時の風流にそぐわない歌風で周囲から嫌われたが、本人は死ぬまで自らの信念を曲げずに独自の歌道を突き進んだ。

わしの歌にひれ伏せ

詳細

詠み人…曾禰好忠
成立年…不明
由縁……不明

物部氏の末裔という説があるが未詳。独特の歌風は同時代人には不評だったが、平安末期の革新的歌人により再評価された。

第五〇番

神仏を愛した男の激しい恋歌

藤原義孝

早死

君がため
惜しからざりし
命さへ
長くもがなと
思ひけるかな

現代訳

今までは極楽往生のためなら惜しくないと思っていた命も、あなたと出逢ってからは、ずっと長らえたいと思うようになってしまったのです。

情念解説

藤原義孝は美男子で歌もうまく、気さくな性格。なのに色恋には謙虚で、独りのときは法華経を一心に唱えるほど信心深かった。そんな義孝が詠んだ激しい恋の歌。その想いもむなしく、兄・挙賢《かたたか》と同じ日に天然痘により早逝してしまう。21歳の若さだった。

もっと長生きして あなたと一緒に いたかった…

詳細

詠み人…藤原義孝

成立年…不明

由縁……ある女性との逢瀬の後贈った歌

父の藤原伊尹が浪費家だったのと対照的に謙虚な性格だった。死後、極楽へ生まれかわったとも、怨霊になったとも伝わる。

第五一番

短気でキレやすい性格が滲みでた歌

藤原実方

凶暴性

かくとだに
えやはいぶきの
さしも草
さしも知らじな
もゆる思ひを

現代訳

あなたが恋しくてもう散々だよ。でも私の気持ちを言うことができない。あなたは、伊吹山のさしも草のように燃えている私の心を知らないいんだ。

情念解説

藤原実方は若くして歌才を認められ、恋愛遍歴も華々しく清少納言らと交際するなど宮中の寵児だった。しかしある時藤原行成への暴行を一条天皇に咎められ、東国に左遷され、その他で没することとなった。まさに燃え上がる火のような性格が災いをもたらすこととなった。

オレに触るんじゃねぇよ

詳細

詠み人…藤原実方

成立年…不明

由縁……初めて女性に贈った歌

見目麗しく、歌にも秀でていたため天皇の寵愛を受けた。しかし左遷後は二度と京に戻ることはなく、失意のうちに死亡した。

第五二番

若死にした貴公子の深い悲しみの歌

藤原道信

悲嘆

明けぬれば
暮るるものとは
知りながら
なほうらめしき
朝ぼらけかな

現代訳

別れの朝がきても、やがては日が暮れてまたあなたに会えると分かっているのに、やはりうらめしく思ってしまうよ。この夜明けのことを。

情念解説

藤原道信は清少納言もファンになるほどの美男で、歌の才もあったが、恋には奥手だった。花山天皇が退位した際に宮中を追い出された婉子《えんし》女王《じょうおう》に恋をしたが、15歳も年上の藤原実資に奪われてしまっている。悲嘆に暮れた道信は翌年23歳で夭折した。

この腕がもう二度とあなたを抱けないなんて…

■ 詳細 ■

詠み人…藤原道信
成立年…不明
由縁……不明

太政大臣・藤原為光の子で、藤原兼家の養子になった。順調に官位を登っていたが、当時流行した天然痘により若くして死亡する。

夫の浮気に身悶えた女の歌

藤原道綱母

嫉妬

嘆きつつ
ひとり寝る夜の
明くる間は
いかに久しき
ものとかは知る

現代訳

あなたは今夜もおみえにならない…。嘆きながら一人で寝る夜の明けるまでが、どんなに長いものか、あなたはきっとご存知ではないのでしょうね。

情念解説

類まれな美貌と歌の才能から藤原兼家の愛妻となった道綱母だったが、あるとき夫の文箱に別の女への恋文を見つけてしまう。ところが問い詰めると兼家はその女のところに逃げて外泊してしまった。次の朝、道綱母は萎れた菊を添えてこの歌を兼家に贈っている。

他の女を愛するなんて許さない

詳細

詠み人…藤原道綱母 成立年…955年 由縁……外泊した夫にむけて贈った	中流貴族の娘に生まれながら、藤原宗家の兼家のもとに嫁ぐ。嫉妬深く、兼家との結婚生活を記した『蜻蛉日記』に悩みを綴っている。

第五四番

幸せの絶頂に暗い未来を予言した歌

高階貴子

没落

忘れじの
行く末までは
かたければ
今日をかぎりの
命ともがな

現代訳

「お前のことは忘れない」とのあなたの言葉を、遠い未来まで頼みにはできません。ならばいっそ、その言葉を聞いた今日を限りに死んでしまいたい。

情念解説

儀同三司母《ぎどうさんのしのはは》こと高階貴子《たかしなのたかこ》は、藤原道隆と結婚した日にこの歌を詠んだ。いわば「幸せいっぱい」を逆説的に表現している歌だが、道隆が死去すると、一族は藤原道長との政争に敗れて急速に没落。その後、配流になった息子の身を案じながら失意のうちに没した。

全部、先に死んだ あなたのせいよ

詳細

詠み人…高階貴子

成立年…不明

由縁……道隆と貴子の結婚が成立した日

円融天皇の時代に内侍として仕える。和歌だけでなく漢詩の才にも恵まれ、宮中の詩宴にも招かれるほどだった。娘に中宮定子がいる。

第五六番

死の床でも男を求めた女の歌

和泉式部

愛欲

あらざらむ
この世のほかの
思ひでに
今ひとたびの
あふこともがな

現代訳

私の命はもう、長くはありません。ですから、あの世に行ってからの思い出に、せめてもう一度、あなたにお会いし一夜を共にしたいのです。

情念解説

橘道貞、為尊《ためたか》親王、その弟の敦道《あつみち》親王、そして藤原保昌《やすまさ》と、次々と恋愛遍歴を重ねていった和泉式部。身分違いの恋愛を責められ父に勘当されようとも、周囲から陰口をたたかれようとも決して恋することをやめなかった彼女が死の床で詠んだ歌は、あまりに業の深いものだった。

冥土の土産に せめてもう一夜…

詳細

詠み人…和泉式部

成立年…不明

由縁……病状悪く死を覚悟して詠んだ歌

王朝時代随一の女流歌人だったが、その恋愛遍歴には批判も多く、藤原道長から「浮かれ女（売春婦）」と評されるほどだった。

第五十七番

どろどろ小説の作者とは思えない歌

紫式部

処世術

めぐりあひて
見しやそれとも
わかぬ間に
雲がくれにし
夜半の月かな

現代訳

久しぶりにめぐり合って、あなたかどうかも分からないうちにあわただしく帰ってしまいましたね。雲に隠れてしまった夜中の月のように。

情念解説

紫式部は幼くして漢文も難なく読める才媛だった。しかし同僚の前では嫉妬されまいと、わざと読めないふうに装ったという。幼なじみとの再会を詠んだこの歌が『源氏物語』の作者とは思えないほど清々しすぎるのも、彼女なりの処世術だったのかもしれない。

縁があれば
またお会いしましょう

■ 詳細 ■

詠み人…紫式部

成立年…不明

由縁……すれ違った幼なじみに贈った歌

中宮彰子に仕え、同僚に和泉式部や伊勢大輔などがいた。また彰子の父・藤原道長の愛妾だったという説もあるが、詳細は不明。

男を射止めるテクニシャンの歌

藤原賢子

男好き

有馬山
猪名の笹原
風ふけば
いでそよ人を
忘れやはする

現代訳

有馬山から猪名野の笹原に風が吹き下ろせば、そよがずにはいません。同じように、音信があれば心は靡《なび》くもの。あなたを忘れたりするものですか。

情念解説

大弐三位こと藤原賢子《けんし》は紫式部の娘。母と違って次々と浮名を流す奔放な女性だった。この歌は音信が途絶えがちだった男が「あなたの心変わりが不安だ」と便りを寄越した際に返したもの。疎遠な男の心も鷲掴みする恋愛テクニックを見せつけている。

もちろん好きよ嘘じゃないわ

詳細

詠み人…藤原賢子

成立年…不明

由縁……疎遠な男の便りに返した歌

母と同じく彰子に仕え、一流の歌人としても名を残した。藤原頼宗、藤原定頼、源朝任などと交際があったが、藤原兼隆の妻となった。

第五九番

赤染衛門

不自由な二股愛の経験が詠ませた歌

悔しさ

やすらはで
寝なましものを
小夜ふけて
かたぶくまでの
月を見しかな

現代訳

今夜来てくださるというから待っていたのに。さっさと寝てしまえばよかった。いつの間にか夜が更けて沈もうとする月を、見てしまいました。

情念解説

良妻賢母の才媛として名を残した赤染衛門だが、大江匡衡《おおえのまさひら》と結婚したときは、恋人だった大江為基《ためもと》としばらく二股を続けていた。この歌は藤原道隆と恋仲だった妹のために詠んだ歌だが、夫に隠れて愛人と逢引していた経験があればこその歌かもしれない。

男は勝手なのよ

詳細

詠み人…赤染衛門

成立年…977 年頃

由縁……道隆を待つ妹のために詠んだ歌

彰子に仕えた女房の一人。和泉式部と並び称される歌人で、『栄花物語』の作者と目されるほどの才媛。為基の死後は夫に尽くした。

第六二番

清少納言

男女の機微を理解しない女の歌

拒否

夜をこめて
鳥の空音は
はかるとも
よに逢坂の
関はゆるさじ

現代訳

まだ夜が深いうちに鶏の鳴き声を真似て騙そうと思っても、函谷関ならばともかく、逢坂の関は決して通ることを許さないでしょう。

情念解説

『枕草子』で知られる清少納言が、藤原行成に贈った歌。行成の男女間の機微をついた冗談に、「あなたとは恋愛できません」と突っぱねる内容である。最初の夫とうまくいかず離縁を言い渡された、教養高くとも恋愛下手だった清少納言の性格がにじみ出ている。

男はみんなケダモノだわ

詳細

詠み人…清少納言
成立年…不明
由縁……行成とのやり取りで詠んだ歌

清原元輔の娘。中宮定子に仕える。多くの宮廷貴族と贈答歌を交わしたが、恋愛関係を匂わせるのは藤原実方くらいだった。

第六五番

相模

恋愛体質の女が成れの果てを嘆く歌

悔しい

恨みわび
ほさぬ袖だに
あるものを
恋に朽ちなむ
名こそ惜しけれ

現代訳

恨み疲れ、泣き続けて涙を乾かすひまもない着物の袖は朽ち果てそう。でもそれ以上に、こんな恋のせいで朽ちてしまう私の名誉が一番惜しいのです。

情念解説

相模は恋愛相手こそ多数いたが、二度の結婚はどちらもうまく行かず夫と離別。恋に生きようとも新たに結婚することはかなわず、老いて50代の半ばでこの歌を詠んだ。多くの貴族たちと浮名を流した恋愛体質の女が、自身の成れの果てを嘆くような歌である。

こんな男に心を奪われるとは…

■ 詳細 ■

詠み人…相模

成立年…1051 年

由縁……後冷泉天皇主催の内裏歌合にて

酒天童子退治で知られる源頼光の娘。二人目の夫・大江公資の官職名から相模と呼ばれるように。和泉式部などとも親交があった。

第七二番

祐子内親王家紀伊

老境の女が軽く男をあしらう歌

軽蔑

音に聞く
高師の浜の
あだ波は
かけじや袖の
ぬれもこそすれ

現代訳

噂に高い高師浜のあだ波は袖にかけません。濡れますから。浮気者と噂に高いあなたの言葉も心にかけません。涙で袖を濡らしましょうから。

情念解説

祐子《ゆうし》内親王《ないしんのう》家《け》紀伊《きい》が、艶書合《えんしょあわせ》で詠んだ歌。艶書合とはその場でカップリングした相手と恋歌を交わし合うゲームで、当時70代だった紀伊の相手は29歳の藤原俊忠。年齢差をみるとかなりグロテスクだが、冷静に相手をあしらうあたり、恐るべき老婆といえよう。

若い男など取るに足りぬわ

詳細

詠み人…祐子内親王家紀伊
成立年…1102 年
由縁……堀川院艶書合にて

祐子内親王家に仕え、夫・紀伊守藤原重経の役職名から紀伊と呼ばれた。それ以外の伝記的情報はほとんど伝わっていない。

第八〇番

待賢門院堀河

尼になる前の情事を詠んだ歌

不安

長からむ
心も知らず
黒髪の
乱れて今朝は
ものをこそ思へ

現代訳

昨夜のあなたは、私の長い黒髪のように永く愛すると言いました。でもそれが本心かわからず、今朝の寝乱れた黒髪のように、私の心も乱れるのです。

情念解説

男と一夜をともにしたあと、夜明けに物思いにふける情景を詠んだ歌。詠み人の待賢門院堀河《たいけんもんいんのほりかわ》は、なんとこのとき既に出家して髪をおろしていたという。尼となっても自分の美しい長い髪の頃を艶やかに歌いあげた堀河は、さぞ男好きする美女だったのだろう。

黒髪の美女はお好き？

詳細

詠み人…待賢門院堀河
成立年…1150 年
由縁……崇徳院主催の久安百首にて

父は神祇伯を務めた源顕仲。鳥羽天皇の中宮・待賢門院藤原璋子に仕えた。璋子が夫と死別して出家したのに従って、尼になっている。

第八二番

道因法師

生臭坊主の女々しい心情を詠んだ歌

執着

思ひわび
さても命は
あるものを
憂きにたへぬは
涙なりけり

現代訳

あなたのことを死ぬほど思い悩みました。でもまだ命は尽きていません。でもね、この流れ落ちる涙だけは、耐えることができないのです。

情念解説

道因法師《どういんほうし》こと藤原敦頼が出家したのは晩年のこと。歌もその頃から本格的に学び始め、いい歌が詠めますようにと毎月住吉大社に参拝したという。執着心が非常に強い人物だったが、恋愛においてもさぞ、粘っこい性格で女性たちを絡めとっていったことだろう。

逃がしまへんで

詳細

詠み人…道因法師
成立年…不明
由縁……不明

藤原清孝の息子。出家する前は官人として従五位上右馬助に至ったが、特に目立った事績はない。出家後は歌道に大変執着した。

第八五番

俊恵法師

女の狂おしい情念を詠んだ歌

情念

夜もすがら
物思ふ頃は
明けやらぬ
閨のひまさへ
つれなかりけり

現代訳

一晩中物思いにふけっていると、なかなか夜が明けません。あなたによって開かれることのない寝室の戸の隙間ですら、薄情にも感じてしまいます。

情念解説

俊恵《しゅんえ》法師が女性の心理を想像して詠んだ。一晩中思いつめて戸の隙間をじっと見つめる女という情景は、そら恐ろしい臨場感がある。若くして出家した俊恵は長い夜に情欲を持て余す日も多かったことだろう。そんな経験を詠んでいるのかもしれない。

長い夜は寂しい…

詳細

詠み人…俊恵法師

成立年…不明

由縁……不明

17才のときに父・源俊頼と死別してから東大寺の僧侶となった。鴨長明の和歌の師匠としても知られている。

第八八番

皇嘉門院別当

遊女の想いを想像した歌

儚い恋

難波江の
蘆のかりねの
一よゆゑ
身をつくしてや
恋ひわたるべき

現代訳

難波江のほとり、蘆を刈って拵《こしら》えた小屋での、たった一夜の仮の契り。そんな果敢ない情事のために、命を捧げるほどの恋に落ちてしまいました。

情念解説

皇嘉門院別当《こうかもんいんのべっとう》の別当とは女官長のこと。その女官長が、実に儚くも熱のこもった恋歌を詠んだ。一説には、大阪湾近くの色里として有名な江口の遊女の身になってのものだとか。職業柄、貴族たちの女遊びを目の当たりにしていたからこその歌なのだろう。

遊女たちの人生も儚いものよ…

■ 詳細 ■

詠み人…皇嘉門院別当

成立年…不明

由縁……藤原兼実の歌合にて

父は源俊隆。崇徳天皇の中宮・皇嘉門院藤原聖子に仕え、その異母弟にあたる藤原兼実の歌合などに歌を残した。

第九〇番

不幸愛に陶酔する女の歌

殷富門院大輔

陶酔

見せばやな
雄島の海人の
袖だにも
ぬれにぞぬれし
色はかはらず

現代訳

見せたいものです。雄島の漁師の袖だって濡れに濡れたことでしょうけど、私のように血の色にまで変わってしまうことはないでしょうから。

情念解説

殷《いん》富《ぷ》門《もん》院《いん》の大《たい》輔《ふ》が大恋愛をしたという記録は残っていない。それでも鬼気迫るのは「色はかはらず」の部分。血の涙で袖の色が変わってしまったのよ、と歌っているのだ。大輔がうっとりしながら、陶酔的不幸愛願望を想像で満たしている姿が、目に浮かぶようだ。

ああ、私って不幸

詳細

詠み人…殷富門院大輔
成立年…不明
由縁……不明

若い頃から殷富門院亮子内親王に仕えた。歌壇での活躍がめざましく、藤原定家や西行ら多くの歌人と交際があった。

第九一番

妻に先立たれた男のわびしい歌

九条良経

孤独

きりぎりす
鳴くや霜夜の
さむしろに
衣かたしき
ひとりかも寝む

現代訳

死に損ないのコオロギが、伴侶を求めて必死に羽を鳴らしている。こんな霜のふる寒い夜に、硬い衣の袖をしいて独りで眠らなければならないのか。

情念解説

後京極摂政前太政大臣こと九条良経は、父・兼実、祖父・藤原忠通も関白を務めた名門家系に生まれた。しかし世は武士が台頭しはじめる時代。名家だからこそ息苦しく、妻にも先立たれ、そんな寒々とした心象を歌に込めた。38歳の若さで急死している。

愛する人よ もう耐えられぬのじゃ…

詳細

詠み人…九条良経
成立年…1200 年頃
由縁……不明

官人としては宮中の政変に翻弄され続けたが、和歌、書道、漢詩にすぐれた教養人として名を残した。死亡は暗殺説もある。

参考文献

『図説　地図と由来でよくわかる！　百人一首』（青春出版社）
『百人の歌人を漫画で解説　百人一首人物大事典』吉海直人監修（ブティック社）
『ドラマティック百人一首』堀江宏樹（大和書房）
『古代史がわかる「万葉集」の読み方』編・松尾光（新人物往来社）
『日本の風俗の謎』樋口清之（大和書房）
『陰陽道と平安京　安倍晴明の世界』川合章子（淡交社）
『知っ得　後宮のすべて』（學燈社）
『百人一首の歴史学』関幸彦（日本放送出版協会）
『絢爛たる暗号　百人一首の謎を解く――』織田正吉（集英社）
『百人一首の魔方陣』太田明（徳間書店）

資料協力：国立国会図書館

日本博識研究所（にほんはくしきけんきゅうじょ）
豊富なデータベースをもとに、フィールドワークで得た調査結果と照らし合わせながら、現代知識の体系化を行う団体。物理学から生物学、医学、経済学、社会学、文学まで幅広い分野のわかりやすい解説に定評がある。著書に『爆笑！ 学力テストおバカ回答！』『人生を変える！ マンガ名言1000』（ともに宝島社）、『世界一おもしろい！日本地図』（ベストセラーズ）、『日本人が知らない医療の常識』（G.B.）など。

宝島SUGOI文庫

本当は怖い百人一首

（ほんとうはこわいひゃくにんいっしゅ）

2012年7月19日　第1刷発行
2020年7月20日　第2刷発行

著　者　日本博識研究所
発行人　蓮見清一
発行所　株式会社 宝島社
〒102-8388　東京都千代田区一番町25番地
電話：営業 03(3234)4621／編集 03(3239)0400
https://tkj.jp
振替：00170-1-170829　（株）宝島社
印刷・製本　株式会社 廣済堂

ISBN 978-4-7966-9961-7